POUR SEUL CORTÈGE

D1328921

DU MÊME AUTEUR

Romans

Cris, Actes Sud, 2001 ; Babel n° 613.
La Mort du roi Tsongor, Actes Sud, 2002 (prix Goncourt des lycéens, prix des Libraires) ; Babel n° 667.
Le Soleil des Scorta, Actes Sud, 2004 (prix Goncourt) ; Babel n° 734.
Eldorado, Actes Sud / Leméac, 2006 ; Babel n° 842.
La Porte des enfers, Actes Sud / Leméac, 2008 ; Babel n° 1015.
Ouragan, Actes Sud / Leméac, 2010 ; Babel n° 1124.
Pour seul cortège, Actes Sud / Leméac, 2012.

Théâtre

Combats de possédés, Actes Sud-Papiers, 1999.
Onysos le furieux, Actes Sud-Papiers, 2000.
Pluie de cendres, Actes Sud-Papiers, 2001.
Cendres sur les mains, Actes Sud-Papiers, 2002.
Le Tigre bleu de l'Euphrate, Actes Sud-Papiers, 2002.
Salina, Actes Sud-Papiers, 2003.
Médée Kali, Actes Sud-Papiers, 2003.
Les Sacrifiées, Actes Sud-Papiers, 2004.
Sofia Douleur, Actes Sud-Papiers, 2008.
Sodome, ma douce, Actes Sud-Papiers, 2009.
Mille orphelins suivi de *Les Enfants Fleuve*, Actes Sud-Papiers, 2011.
Caillasses, Actes Sud-Papiers, 2012.
Daral Shaga suivi de *Maudits les Innocents*, Actes Sud-Papiers, 2014.

Recueils de nouvelles

Dans la nuit Mozambique, Actes Sud, 2007 ; Babel n° 902.
Les Oliviers du Négus, Actes Sud / Leméac, 2011 ; Babel n° 1154.

Littérature jeunesse (album)

La Tribu de Malgoumi, Actes Sud Junior, 2008.

Beau livre

Je suis le chien Pitié (photographies d'Oan Kim), Actes Sud, 2009.

© ACTES SUD, 2012
ISBN 978-2-330-02862-6

LAURENT GAUDÉ

POUR SEUL CORTÈGE

roman

BABEL

Pour Françoise Nyssen et Jean-Paul Capitani,
au cœur des livres, la voie possible d'un réconfort.

I

DANSE, À BABYLONE

Au premier spasme, personne ne remarque rien et ceux qui l'entourent rient encore. Il a un mouvement des épaules, à peine, comme pour se protéger d'un coup invisible, un geste infime qui se perd dans la cohue du banquet, il se plie légèrement en deux et porte la main à son ventre. La douleur est si aiguë qu'elle le tétanise pendant quelques secondes mais avant qu'il ne crie, avant qu'il n'ait même le temps d'avoir peur, elle disparaît. La musique autour de lui est de plus en plus forte, capharnaüm de rires, de flûtes et de tambours. Il reprend son souffle. Il a senti, dans ses entrailles, cette chose naissante – comme un affaissement du corps, mais la douleur est passée si vite qu'il en reste étonné. Il relève la tête, constate qu'autour de lui tous les convives continuent à rire sans que personne n'ait rien remarqué, et demande alors à ce qu'on le resserve.

Elle vient de se lever et l'air du matin, face aux hautes montagnes d'Arie, s'est vidé des sons du monde : vol d'oiseaux, souffle de vent, clameur lointaine… Tout est froid et immobile. Elle est loin de Babylone, sur la terrasse de ce temple suspendu qu'elle a choisi pour refuge. Les prêtres se lèvent, eux aussi, les uns après les autres, comme chaque matin, pour vaquer en silence à leurs tâches. Et puis, d'un coup, un d'entre eux s'immobilise sur les remparts en pointant du doigt la plaine. "Regardez !" Elle fait comme les autres, s'avance avec célérité vers le muret, impatiente de voir ce qu'il indique, mais au moment où elle pose la main sur le rebord, elle sent autour d'elle l'air se charger de menaces.

Il a repris son verre et boit à la macédonienne, comme le faisait son père, à grandes gorgées, sans couper le vin, jusqu'à être saoul et vaciller. Lorsqu'il repose sa coupe sur la table, il essaie de se lever mais n'y parvient pas et retombe lourdement sur sa chaise. L'alcool lui fait tourner la tête. Il sent les regards sur lui. Personne n'a remarqué qu'il a été traversé de douleur mais tout le monde s'aperçoit qu'il est saoul. Les visages qui l'entourent changent. Il leur fait peur lorsqu'il est ivre. Depuis le banquet de Samarkand où il a tué de ses propres mains son frère de sang Cleithos, ils blêmissent lorsqu'ils le voient perdre conscience dans le vin. Plus personne ne peut dire ce qui va naître lorsque l'alcool voile ses yeux et trouble sa diction… Il essaie de saisir la coupe qui est devant lui et que quelqu'un vient de remplir à nouveau mais ses gestes sont gourds. C'est comme si sa main ne lui appartenait plus. Elle se déplace avec une étrange lenteur et semble contourner les objets qu'il voudrait saisir. Séleucos, qui est à ses côtés, le remarque comme il voit qu'Alexandre veut parler et n'y parvient pas mais il ne dit rien. Il n'ose pas. À l'autre bout de la salle, un groupe applaudit Ptolémée qui danse au milieu des musiciens en essayant d'imiter les femmes du royaume de Sambos. Torse nu, le corps souillé de vin, le général macédonien hurle, rit, et tous ceux qui l'entourent frappent des mains pour scander sa danse obscène. Alexandre les fixe sans que l'on puisse dire si le vacarme qu'ils font l'irrite ou l'enchante. Cela fait des semaines qu'ils vivent ainsi de banquets en banquets, des semaines qu'ils fuient la lumière du jour qui leur vrille le crâne après leurs nuits d'ivresse. Ils mangent chaque fois comme si c'était leur dernier repas, ils chantent chaque soir comme s'ils voulaient repousser le plus longtemps possible le moment où le jour, tristement, se lèverait sur les rues vides de Babylone.

D'abord, elle ne voit rien. Elle plisse les yeux. La voix du prêtre résonne à nouveau. "… Quelqu'un vient…" De la terrasse du temple, le regard embrasse toute la plaine. Elle fixe le paysage en contrebas et aperçoit enfin un filet de poussière qui s'avance vers eux. Les prêtres du temple se pressent sur les bords de la terrasse, tous curieux et inquiets. Pour l'instant, ils ne distinguent que de la poussière au loin. Il faut attendre et les secondes sont longues. Elle ne quitte pas des yeux l'horizon. Ça ne peut pas être un homme seul. Il y a trop de poussière. Ce doit être un groupe. Les prêtres attendent. Une agitation nerveuse s'empare d'eux. Ils fixent le paysage à leurs pieds, essayant de mesurer la distance qui les sépare du cortège qui approche. Le temple est accroché à la roche, suspendu dans les airs, relié au monde des hommes par un escalier unique qu'ils ont construit de leurs propres mains. Combien de temps faudra-t-il pour que les cavaliers parviennent au pied du long escalier et commencent leur ascension jusqu'à la porte du temple ? Et que veulent-ils ?

Peut-être ne feront-ils que passer, lentement, au pied du temple, sans s'arrêter, poursuivant leur route vers la Sogdiane ? Peut-être viennent-ils pour demander des vivres et de l'eau ? Elle ne bouge pas, ne dit rien. Elle a connu cela déjà. Ici même, quelques années plus tôt, le même instant qui suspend d'un coup l'air de la journée. Elle ne sait pas qui ils sont mais il naît en elle la certitude que c'est pour elle qu'ils viennent.

J'ai choisi de vivre cachée, ici, loin du monde des hommes, à l'abri des regards, avec mon fils, seule au milieu des prêtres qui ne demandent rien et laissent le temps, lentement, passer sur chaque jour qui vient. J'ai choisi de me dissimuler dans la roche de ces montagnes et que l'on m'oublie mais je sais ce qui vient. C'est l'Empire. Il ne me laissera jamais en paix. Il fait mine de m'oublier, puis me reprend, joue avec moi sans cesse, où que je me cache, du bout de la patte, avec la cruauté d'un chat. Je ne m'appartiens pas. Aujourd'hui encore, le monde m'a retrouvée. Que me veut-il ? Il s'approche. Je ne bouge pas. Qu'attend-il de moi ? Il ne faut pas se fier au silence de la plaine, c'est le fracas qui vient...

"Af Ashra !..." Alexandre se lève. Tout le monde tourne la tête vers lui et le regarde avec étonnement. Il répète en criant : "Af Ashra !" avec autorité comme s'il était dans la mêlée d'une bataille, comme s'il levait son bras pour frapper la foule de casques et de piques qui se présentaient à lui. Les musiciens font silence. Ptolémée cesse de danser et reste immobile, au milieu de la pièce, bras ballants, le corps ruisselant, un sourire sur le visage, ne sachant plus que faire, surpris que les rires se soient tus. Peut-être repense-t-il au visage bouffi de Cleithos qui gémissait bouche ouverte, la langue bleue, cherchant un peu d'air tandis que les mains d'Alexandre le tuaient... Peut-être a-t-il peur de son ami car il se met à crier à son tour, relayant l'ordre d'Alexandre : "Qu'on fasse venir Af Ashra..." Peithon quitte la salle pour aller chercher le jeune homme que l'on réclame. Alexandre attend, immobile. Il écoute son corps. Il sent que quelque chose est en train de croître en lui mais il ne veut pas y penser. Il veut Af Ashra parce que celui-ci est le seul à pouvoir chasser ce qui le tourmente. Il ne veut plus penser au messager qu'il a reçu ce matin et qui venait d'Aigai pour lui apporter les paroles de sa mère, Olympias. C'étaient des salutations pleines d'amour. Cela fait onze ans qu'elle n'a pas vu son fils et elle s'en plaignait avec tendresse. Mais il y a eu cette question finale, après un long discours, cette question qui le hante depuis : "À qui appartiens-tu, Alexandre ?" C'est Olympias, sa propre mère, qui a posé cette question par la voix du messager et ces mots résonnent dans sa tête. Il se rend compte qu'il est incapable d'y répondre. À qui appartient-il ? À la Macédoine pour qui il a brûlé Persépolis alors qu'il ne voulait pas le faire ? Ou au royaume achéménide dont il porte maintenant les insignes ? À qui ?... La question le tourmente jusqu'à le faire vaciller. Il s'accroche à la table devant lui. Il faut chasser tout cela de son esprit. Il fait un geste de la main, comme si ces images étaient des mouches qui tournaient autour de lui. Il veut de la musique pour disperser les questions d'Olympias. Il veut de la musique pour oublier son trouble et sa douleur. Il lui semble maintenant que sa mère est devant lui. Il entend ce qu'elle ne dit pas, ce qu'elle n'a pas besoin de dire mais qui est contenu dans la question qu'elle a posée : elle lui reproche Cleithos assassiné. Elle lui reproche son mariage avec Roxane, l'enfant mort qui est né de cette union. Il l'entend et il veut que la musique chasse tout, "À qui appartiens-tu, Alexandre ?" Elle lui reproche la révolte des phalangistes à Opis, ses vieux soldats, vétérans fidèles de ses campagnes, qui se sont soulevés et qu'il a matés avec sauvagerie, oui, il tue des Grecs maintenant, il faut que la musique vienne et couvre tout, il s'accroche à la table, il est saoul, un des deux fils d'Antipater s'approche de lui pour le soutenir – Iolas peut-être, à moins que ce ne soit l'autre, il les confond toujours. Il le regarde avec férocité et le jeune homme, blanc comme un linge, recule. Ils ont tous peur. "À qui appartiens-tu, Alexandre ?" Il répond là, pour lui seul, avec les lèvres tremblantes : à la musique.

Ce n'est pas moi que tu attends, mais je viens, je me rapproche. Je me suis mis en route il y a longtemps de cela. Si tu savais, Alexandre… Tu seras étonné lorsque tu me verras, bouche bée. Je ne perds pas une seconde. Tu ne le sais pas encore mais le temps nous est compté. Je veux te voir, à nouveau, j'ai tant de choses à te dire, Alexandre. Lorsque tu me verras, tu chancelleras. Tu répéteras avec incrédulité : "Éricléops ?… Éricléops ?… Est-ce que c'est bien toi ?…" Oui. C'est moi. Je reviens à toi. J'ai tout l'Empire à traverser mais rien, désormais, ne saurait plus me fatiguer.

Elle reconnaît les insignes au loin, ce sont ceux d'Alexandre. Le groupe se précise : il y a huit cavaliers, peut-être neuf… Un des chevaux est équipé d'une sorte de toile de tulle qui tombe en parapluie sur son cavalier pour le protéger du soleil et le soustraire aux regards. C'est un visiteur de marque. Une autre monture porte les couleurs du royaume. Ils doivent venir de Babylone. C'est la garde royale. Les prêtres font comme elle, ils observent chaque détail. Le temps est long. Le convoi avance au pas. Mais soudain, le cavalier de tête pique les flancs de sa monture et part au galop, droit sur la naissance du grand escalier qui monte au temple. Plus aucun doute n'est permis : c'est bien vers eux qu'ils viennent. Le reste du convoi, lentement, dévie de la route et s'approche aussi. Ils remarquent alors que le cheval équipé d'une ombrelle de gaze noire est sans cavalier. "Il est pour moi", pense-t-elle immédiatement. Elle ne dit rien. Le cavalier qui était parti en éclaireur commence son ascension. Il n'a pas posé pied à terre. Il a piqué les flancs de sa bête pour qu'elle monte les marches. Est-il possible qu'il connaisse les lieux ? Sinon, comment saurait-il que l'escalier est assez large pour qu'on puisse s'y engouffrer à cheval ? Les prêtres, autour d'elle, ne bougent pas, laissant le bruit des sabots emplir l'air. Dans quelques minutes, le cavalier sera là et tout s'achèvera. Elle ne connaîtra plus la tranquillité de ces jours lumineux où tout est vaste. Une idée la traverse alors. Elle se met à genoux, tête basse, sans regarder aucun des prêtres et elle leur parle à voix haute.

Moi, Dryptéis, fille des siècles, je me mets à genoux et je vous le demande : n'ouvrez pas. Protégez-moi. Criez par-dessus la porte au visiteur, qui qu'il soit, que vous ne me laisserez pas partir une seconde fois.

Vous le savez : je suis venue ici pour vivre en paix, loin du monde et de tout. Je veux être hors du temps. Avec mon enfant, seule. Je suis venue ici pour ne plus être la fille de Darius. J'ai quitté ma sœur – épouse d'Alexandre – et j'ai eu la force de le faire parce qu'en abandonnant mon nom, je m'éloignais de la défaite et du deuil. Je vous en supplie. Je suis à vos pieds. Ne m'offrez pas à ceux qui viennent.

Elle sent une main se poser sur son épaule, puis une autre qui l'agrippe avec douceur et fermeté par le bras. "C'est la volonté d'Alexandre…" entend-elle. Mais peut-être qu'aucun prêtre n'a parlé. Peut-être est-ce elle qui a imaginé ces mots. Les visages autour d'elle n'expriment rien. Ils vont ouvrir les portes du temple, elle le sait. Ils vont le faire parce qu'il ne peut en être autrement. Ils ne peuvent s'opposer à ce qui vient. Ils l'entourent avec douceur, font des gestes prévenants. Ils sont quatre, peut-être davantage. Ils la relèvent avec lenteur. Elle n'échappera pas à ce qui se présente. Ils l'ont relevée et elle se tient droite à nouveau. Elle ne leur en veut pas. Le monde l'appelle et il n'y a pas de refuge. Les prêtres n'y peuvent rien. Alors elle se tourne vers ceux qui l'entourent, les regarde tous, et avec une voix calme, pleine d'autorité, comme si elle régnait sur ce lieu, elle dit : "Laissez-le entrer."

Alexandre regarde longuement le jeune homme qui vient de pénétrer dans la salle. Af Ashra. Il se souvient de la première fois où il le vit. C'était deux ans plus tôt, dans les montagnes de l'Hindu Kush. Il y menait une campagne éreintante, ratissant chaque vallée, cherchant pendant des heures les cols, traquant chaque village caché dans les roches, décimant les populations qui refusaient de se soumettre. Cela avait duré des mois et très vite il avait été incapable de savoir s'il combattait des Assacènes, des Saces ou des Massagètes. Ils se ressemblaient tous, vivaient tous dans des huttes immondes accrochées aux falaises qui sentaient la bête et la roche humide. Ils avaient progressé lentement, durant des journées de pluie sans fin, délogeant l'ennemi, enfumant les habitations. Tout était écœurant de lenteur et d'effort, jusqu'à ce jour où il avait ordonné qu'on lui amène des musiciens. Il n'en pouvait plus des corps saignés dans le froid, des ventres ouverts dans le gel du matin, il voulait danser. On lui avait amené un groupe de cinq hommes. C'étaient des Perses du Nord, nomades. Ils portaient des étoffes d'un bleu profond qui leur laissait des traces de teinture sur la peau. Le plus jeune devait avoir quatorze ou quinze ans. Il avait de grands yeux noirs qui happaient la lumière du ciel et de longs cils de fille. C'est lui, Af Ashra, qui les emmena dans la musique. Les musiciens expliquèrent à Alexandre que lui seul savait où était la musique. Et ils jouèrent pour lui, dans les hauteurs de l'Hindu Kush, dominant le monde, oubliant pour un temps les meurtres et les grognements du combat. Ils jouèrent et Af Ashra chanta comme un dieu étrange qui ne veut pas être honoré et se cache au cœur des montagnes. C'est cela qu'il veut maintenant à nouveau. Dans la pièce, les rires ont cessé. Le vin qui s'échappe des coupes renversées finit de couler sur les tables. Il demande à Af Ashra de faire ce qu'il a fait deux ans auparavant. Il lui demande de dire où est la musique et le jeune homme, avec un calme souverain, désigne la terrasse en murmurant simplement : "Là."

Le cavalier frappe du poing les battants en bois de la porte du temple. Les prêtres s'activent et ouvrent. Elle est restée sur les remparts, elle. Le convoi est arrivé au pied de la falaise. Les cavaliers sont tous demeurés en selle. "Ils ne viennent pas ici demander l'hospitalité ou des vivres", pense-t-elle. Il y a six gardes et une femme sur un cheval bai. Elle entend les voix des prêtres qui accueillent le visiteur. D'où elle est, elle ne perçoit pas ce qu'ils disent mais cela n'a pas d'importance. Elle connaît tout cela. Tout se passe exactement comme un an auparavant. Même journée vaste où les oiseaux semblent impressionnés par l'immensité du ciel et volent bas. Même froid sec des montagnes qui laisse dans la gorge un goût de roche. Cela lui semble long. Le cavalier doit être en train d'expliquer le motif de sa visite. Elle a toujours vécu dans la peur de ce moment. Depuis qu'elle est revenue ici, depuis que son fils est né, elle a redouté cela : qu'ils se souviennent d'elle et viennent la chercher. À moins que ce ne soit depuis plus longtemps encore. Depuis qu'elle a commencé à perdre, depuis que son monde s'est fissuré, depuis que l'histoire est entrée dans son existence et a tout souillé. Elle voulait vivre cachée. Pourquoi est-ce que le monde la rappelle sans cesse à lui ? Pourquoi ne peut-elle pas disparaître dans ce temple suspendu qu'elle aime et qu'elle a choisi parce qu'il est aux confins du royaume, dans cette région de l'Arie où l'herbe des plaines givre à l'aube et fait, sous le pied, un bruit sec de branchage qui casse. Elle aime ces lieux où les voix, dans les montagnes, se font avaler par les crevasses et où il ne reste qu'un silence vibrant de lumière. Elle veut que son enfant ne connaisse que cela. Elle aime ces prêtres qui l'entourent. Elle n'a pas encore vingt-cinq ans mais elle se sent aussi vieille qu'eux. Chaque matin, pour commencer la journée, ils jettent au vent, du haut des remparts, une poignée de poudre de safran. Ils le font malgré la cherté de cette épice, pour contenter les dieux. Chaque matin, au son d'une cloche qui tinte avec lenteur, c'est leur premier geste. Les dieux ont faim et ils sont chargés – sans que personne ne le sache – de les nourrir pour qu'ils ne crient pas la nuit en longeant les murs des villages, pour qu'ils ne passent pas sous des portes avec voracité, étouffant un nouveau-né ou emportant l'âme d'un vieillard. Les prêtres les nourrissent chaque matin d'une poignée de safran pour que le monde puisse vivre en paix. Elle aime la lenteur de leur geste. Celui avec lequel ils s'acquittent de leur don aux dieux ou celui avec lequel ils lui ont lavé le visage lorsqu'elle est venue à eux. La première fois, ils ne la connaissaient pas. Ils l'ont accueillie comme si c'était la fille des montagnes. Le plus vieux d'entre eux a posé les mains sur son visage, paumes bien à plat, et il les a laissées glisser doucement. Elle a senti, alors, pour la première fois de sa vie, qu'on la débarrassait de ce qu'elle était : à bas ses robes de princesse au goût de batailles, à bas son père lâche assassiné sans gloire sur une route de poussière, à bas la chute de l'Empire achéménide et la vieille Sisygambis, son aïeule, mère de tous les Perses, recluse dans un palais vide et qui crache sur ceux qui viennent la voir, à bas l'usure et la défaite, les mains faisaient tout glisser à ses pieds. Et lorsqu'elle est revenue, il y a un an à peine, décidée à ne plus bouger cette fois, un autre prêtre a fait la même chose et elle a senti à nouveau qu'il la délivrait. À bas les quintes de toux d'Héphaistion, ses vomissements de mauvaise bile, à bas le deuil qu'elle doit porter sans cesse, comme si elle n'était au monde que pour pleurer. Tout tombait loin d'elle et elle savait qu'elle était ici chez elle, le seul endroit du monde, peut-être, où rien ne pouvait l'atteindre, parce qu'ici ne règnent que le silence et l'oubli.

La musique monte avec une lenteur obsédante. Tous les convives sont sortis pour suivre Alexandre, abandonnant l'air vicié du banquet, les taches de graisse sur les coussins et les os de poulet qui souillent le sol. Alexandre danse au rythme des tablas et des flûtes. La musique accélère lentement. Il tourne sur lui-même. Il veut tout oublier. Que les souvenirs qui l'encombrent tombent à ses pieds. Af Ashra a des grelots aux chevilles et il frappe le sol avec vigueur. Alexandre se penche en lui-même, yeux clos, il laisse le rythme le pénétrer. Il n'y a plus rien qui l'entoure ni Olympias, ni le banquet, plus rien que son corps qui danse.

Moi, Dryptéis, reine des vaincus, je demande au silence qui m'entoure : vers quoi vais-je aller maintenant ?... J'ai perdu mon père, mon trône, mes palais. J'ai été chassée de l'éternité du pouvoir par des hordes de cavaliers qui mangeaient la terre avec joie. J'ai pleuré sur les pierres de nos villes saccagées, puis les vainqueurs m'ont relevée et m'ont faite reine à nouveau, femme d'Héphaistion. Ils m'ont regardée avec admiration. De mon ventre devaient naître les enfants d'un nouvel empire. De mon ventre et de celui de mes sœurs, devait naître le rêve d'Alexandre. Mais la mort m'a enlevé Héphaistion et je ne suis plus rien. Pourquoi l'Empire me rappelle-t-il ? Je ne veux plus du monde. Pourquoi ne m'oublie-t-il pas ?... Pourquoi existe-t-il toujours une raison pour me traîner à nouveau dans le tumulte de l'histoire où aujourd'hui comme hier, je le sais, je ne serai que giflée ?…

Alexandre tourne avec fièvre, la tête en arrière, bouche ouverte vers le ciel. Il est bien. Il sait qu'il ne devrait pas s'épuiser ainsi, il sent que son corps n'en a pas la force mais il le fait avec ivresse, "C'est la dernière fois", pense-t-il. Il danse avec rage. Il voit à nouveau des visages autour de lui mais ce ne sont plus les mêmes que tout à l'heure, ce sont ses camarades morts. Héphaistion est là qui frappe dans ses mains avec vigueur pour battre le rythme, Héphaistion qu'il a pleuré pendant trois jours et trois nuits, le seul à lui ressembler véritablement, le seul qui aurait pu lui succéder. Il continue à tourner sur lui-même au rythme de la musique. Il est faible, il le sent. Si la musique ne le portait pas, il s'écroulerait mais il veut danser encore pour tout oublier. "À qui appartiens-tu, Alexandre ?…", il n'entend plus la voix de sa mère, il est loin, dans les cimes de l'Hindu Kush, bravant le froid sous le regard étonné des aigles. Il est bien. La musique est plus forte que tout. C'est sur elle qu'il se concentre. Il ne veut plus rien entendre, ni les rires de ses camarades ni le son de sa propre voix lorsqu'elle donne des ordres. C'est la dernière fois qu'il danse. Quelque chose est né en lui qui ne va pas cesser de l'affaiblir et contre quoi il va devoir se battre. Il veut prendre des forces dans la musique, Chante, Af Ashra, il tourne, Chante, et le jeune homme chante d'une voix de roche, nasillarde, escarpée comme les défilés de rocailles qui esquintaient les sabots des chevaux, d'une voix givrée par les vents, il chante et la musique devient enivrante. Le temps est aboli, plus rien ne compte. Les musiciens frappent plus fort maintenant comme s'ils partaient à la guerre. Le sol tremble sous la vibration des tambours, Alexandre tend les bras malgré sa faiblesse, pour prendre appui sur l'air. Ce que voient les convives, à cet instant, c'est un pantin ivre qui risque à chaque instant de tomber à terre mais ils se trompent, il est fort comme un aigle, la musique l'entoure et le porte. Quelque chose est possible, là, avec les tambours qui frappent le monde, un effacement, un oubli… Il n'y a rien de plus solide que la main d'Af Ashra qui heurte la surface des tablas avec vigueur. Il est ivre et se sent débarrassé de son poids d'homme. C'est la dernière fois qu'il danse, il le sait, mais il veut gagner chaque minute, et lorsque la douleur reviendra, que ce soit au cœur de la danse qu'elle le trouve.

Je te vois danser, Alexandre. Tu es pâle mais tu souris. La musique t'enivre. Je l'entends monter dans l'air de la nuit aussi loin que je sois. Tu ne peux pas encore te douter que je m'approche de toi. Cela mettra du temps mais je reviens. Je me suis acquitté de ma mission. Te souviens-tu de ce que tu m'avais demandé ? Je n'ai rien oublié, moi. Je revois avec précision ce jour où l'armée se pressait sur les bords de l'Indus et contemplait, immobile, la cité des Malles. Tout le monde te disait de ne pas attaquer. Tout le monde te répétait que l'Inde s'embraserait si tu touchais à la ville des brahmanes mais cela ne servait à rien. Rien ne pouvait te faire changer d'avis. Je crois que tu nous en voulais depuis l'Hyphase et que tu voulais nous faire payer l'affront que nous t'avions fait. Oui, depuis ce jour où nous avions refusé de te suivre, immobilisant d'un seul coup nos chevaux sur la rive de ce petit confluent, depuis ce jour où tu avais essayé par tous les moyens de nous faire changer d'avis, parlant pendant des heures, vociférant, puis gémissant, suppliant, tandis que nous, impassibles, nous fixions l'horizon comme des enfants butés, depuis ce jour où nous t'avons trahi, il y avait entre toi et nous de la haine. Tu voulais nous faire payer l'Hyphase et c'est peut-être pour cela que tu avais décidé de marcher sur la cité des Malles. Il fallait que toute la région s'embrase, que les peuples disparates de la vallée de l'Indus se liguent contre nous pour que nous soyons obligés de nous battre, de nous en remettre à toi. La cité des Malles. Te souviens-tu, Alexandre, des beaux murs de cette ville, blottie dans la plaine, entourée de vaches calmes qui essaimaient par petits groupes ? C'est ce jour-là que nous nous sommes vus pour la dernière fois. Je te vois danser aujourd'hui et tu as changé : la douleur a vieilli tes traits. Il n'y a que tes yeux qui aient gardé leur éclat.

Quelqu'un l'appelle et elle sait que c'est fini. Elle entend son nom, en contrebas : "Dryptéis ?… Dryptéis ?…" Cela fait des mois que plus personne n'utilise ce nom. Les prêtres ne l'appellent pas ainsi. Ils n'ont pas besoin de la nommer. Elle reste encore silencieuse un temps. Elle veut sauver chaque seconde. Elle sait qu'elle va devoir répondre, elle sait que sous peu, elle va devoir descendre, aller au-devant du visiteur mais tant qu'elle ne le fait pas, elle vit encore en dehors du monde. "Dryptéis ?…" L'Empire l'appelle par son vieux nom de princesse vaincue, de veuve de fièvre, mais pour un temps encore, elle est immobile et ne répond pas.

Alexandre, te souviens-tu de ce jour où tu me fis appeler à tes côtés ? Les phalangistes étaient déjà en armes. J'ai cru d'abord que tu allais me confier une mission importante. Je m'enorgueillissais déjà de pouvoir lancer la première charge ou d'avoir à prendre le commandement des archers mais j'ai vu très vite qu'il ne s'agissait pas de cela. Tu m'as pris à part. Tu as veillé, je l'ai vu, à ce que personne ne soit à nos côtés, pas même Héphaistion qui t'escortait pourtant partout... Tu as parlé avec une voix de secret, tu as dit que tu voulais me confier une mission difficile et j'ai dit oui, sans en écouter davantage. Je voulais que tu sentes ma loyauté et mon courage. Tu as souri. Tu m'as posé la main sur l'épaule, puis tu as poursuivi. Tu as dit qu'il s'agissait de partir seul, dans ces terres face à nous, de profiter de la confusion de l'attaque pour contourner la cité des Malles et aller plus à l'est pour m'enfoncer plus loin. Tu as dit qu'il ne s'agissait pas d'être un éclaireur ou un espion. J'ai dit oui, à nouveau. Sans trop savoir ce que j'acceptais, par ferveur, je crois. Tu as toujours su allumer cela chez ceux qui te suivent : le désir de l'exploit. Tu as dit qu'il faudrait porter l'étendard de l'armée, être visible, et j'ai trouvé cela beau. Il fallait que les barbares, Gangarides, Navananda ou autres peuplades dont nous ignorions le nom, me trouvent et m'emmènent jusqu'à leur roi. Tu as dit son nom : "Dhana Nanda" et je l'ai trouvé beau. Tu as parlé de sacrifice et j'ai vu, dans tes yeux, ma mort évidente. Puis tu m'as demandé si j'acceptais. J'ai dit oui, pour la troisième fois. Te souviens-tu, Alexandre ? Tu t'es penché sur moi alors, et tu m'as transmis le message que tu destinais au roi des Navananda. Je l'ai enfoui dans mon esprit en serrant le poing dessus. Nous nous sommes étreints. Je savais que je ne participerais pas à l'attaque de la cité des Malles. J'ai salué mes compagnons, Héphaistion, Ptolémée, Perdiccas. Personne n'a posé de questions mais j'ai vu dans leurs yeux qu'ils comprenaient tous que je ne reviendrais pas. Je n'étais pas triste. J'avais ton secret en moi. Te souviens-tu, Alexandre ?… Je n'ai rien oublié, moi. Les mois et les années ont passé mais je reviens et j'arriverai à temps. Je te vois danser sur cette terrasse de Babylone, le corps en sueur, les yeux mi-clos. Tu souffres. Il faut tenir, Alexandre. Je vais aussi vite que je peux mais je reviens d'un long combat que j'ai mené en ton nom et qui a eu raison de moi.

Il danse. La musique le porte. Il a étendu les bras dans l'air, comme s'il voulait voler. Il ne sent plus de limite à son ivresse et à sa légèreté, Chante, Af Ashra, il est dans les montagnes de l'Hindu Kush, dans un jour éclatant de neige, il est au galop, avec ses armées, dans la plaine de Gaugamélès, Chante, Af Ashra, il est partout, il ne sent plus son corps, des rois s'agenouillent à ses pieds, des empires se renversent sous son souffle, il déshabille lentement des femmes aux nattes épaisses et noires, il danse sur sa vie, le sourire aux lèvres, la nuit s'enroule autour de son corps, il pense que la musique va durer toujours, qu'il n'y aura jamais de fin. Mais là, soudain, au cœur de l'ivresse, la douleur revient. Au deuxième spasme, il sent son corps se rigidifier d'un coup. Il essaie encore de danser mais il chancelle, les bras ballants, le regard apeuré, ses bras et ses jambes sont lourds, endoloris. Au deuxième spasme, il sent que la douleur veut le terrasser et qu'il va devoir se battre pour survivre. Il est obligé de s'arrêter, tête penchée sur son ventre, mains sur les genoux, souffle court. Ceux qui l'entourent croient qu'il a été pris de vertige, que sa tête tourne. Il ne dit rien, cherche de l'air pour respirer. Est-ce que tout va s'achever ainsi ? Il a le temps encore de se poser la question. Les dieux ont-ils déserté Alexandre ?... Que se passera-t-il alors ? Il sent, là, à l'instant où la douleur le brûle, qu'il n'a pas de successeur, que tout l'Empire va bruire d'inquiétude et que personne n'est de taille à tenir l'immensité du royaume qu'il a forgé. Il veut danser encore pour oublier tout cela, danser car c'est la dernière fois qu'il peut le faire et il voudrait que cet instant dure toujours. Il voudrait rester sur cette terrasse, avec la voix d'Af Ashra. Et s'il faut mourir, alors qu'il soit foudroyé ici, en une seconde, avec le battement des tablas dans son cœur... Il essaie, fait mine de repartir, relance la tête en arrière mais la douleur lui perce le ventre avec une violence inouïe cette fois. Au troisième spasme, il se plie en deux et s'effondre au sol, dans un bruit sourd. Immédiatement, les musiciens suspendent leurs mains, plongeant d'un coup la terrasse dans un silence profond. Ils observent bouche bée ce corps évanoui qui vient de tomber à terre, sentant que la cause de cet évanouissement n'est ni l'ivresse ni le vertige de la danse mais un mal souterrain qui vient de porter son premier coup, et il ne reste alors dans l'air que la voix de Ptolémée, étrangement fragile qui répète, avec stupeur : "Alexandre ?... Alexandre ?..."

II

PORTEZ-MOI JUSQU'AU BOUT

Le cavalier a surgi d'un coup, entouré de quatre prêtres. Elle a levé les yeux et l'a reconnu : Stavramakos. Il n'a pas pris le temps de la saluer avec déférence, en mettant un genou à terre, comme il le faisait lorsqu'elle était l'épouse d'Héphaistion, il a parlé tout de suite, avec urgence : "Alexandre est malade…" Elle ne bouge pas. "Cela ne me concerne plus", pense-t-elle. Elle voudrait le lui dire, lui expliquer qu'elle n'est plus cette femme dont il a prononcé le nom, que tout cela est mort ici, lorsqu'elle est revenue la seconde fois mais elle sait qu'il ne comprendra pas alors elle ne lui dit rien. D'un geste de la main, elle lui fait signe de se taire. Il s'arrête, étonné. Elle se tourne vers les prêtres et leur demande : "Avez-vous déjà donné le safran au vent ?" Elle voit, dans l'agitation qui suit sa question, qu'ils ont oublié, que la venue du cortège les a distraits et que personne n'a songé à la cérémonie de l'épice. Elle baisse la tête alors. Elle pense que les dieux ont faim, qu'ils veulent une proie, que personne n'a pensé à calmer leur appétit. C'est bien ce qu'elle a senti. Il flotte dans l'air, autour d'eux, une menace. Les dieux cherchent une vie à dévorer. C'est bien. Il est normal que ce soit elle.

Alexandre est à terre, inconscient. Il ne sait plus ce qui l'entoure. Il n'entend plus la musique mais un brouhaha confus de voix. Il n'a pas la force d'ouvrir les yeux. Il sent qu'on le retourne, qu'on lui tape sur les joues pour qu'il revienne à lui. Peut-être l'appelle-t-on mais il n'en est pas certain… Il est lourd. C'est comme si ses veines elles-mêmes étaient engourdies. Lorsqu'il est tombé, le premier à s'être précipité sur lui a été Ptolémée. Il a pris son corps dans ses bras et a posé délicatement la tête d'Alexandre sur ses genoux. Maintenant, il hurle pour qu'on fasse venir Glaucos, le médecin personnel d'Alexandre. Tout devient confus. Ceux qui dansaient un instant plus tôt sont pétrifiés, les mains sur la bouche. Ceux qui riaient traversent la salle en courant et descendent l'escalier quatre à quatre pour appeler de l'aide. Léonnatos, immédiatement, a ordonné que personne ne sorte du palais. Lysimaque revient dans la salle, s'approche de la table et saisit la coupe d'Alexandre pour la porter à son nez et en humer l'intérieur avec suspicion. Iolas voit ce geste. C'est lui l'échanson d'Alexandre. C'est lui qui sera accusé si on parle d'empoisonnement… Les regards se durcissent.

"Il a choisi la mère de ta mère comme diseuse de mort", annonce Stavramakos. Elle ouvre la bouche, surprise. Diseuse de mort ?… Le Macédonien voit son émotion et ajoute : "C'est à Sisygambis qu'il revient de dire la mort ou la vie. J'ai besoin de toi pour la convaincre d'accepter. Elle ne voudra suivre personne d'autre que toi." Elle réfléchit. L'espoir renaît en elle. Ce n'est que cela qu'on attend d'elle ? Amener Sisygambis à Babylone et rien d'autre ? Elle hésite encore.

Ils ne lui demandent que d'accompagner son aïeule à Babylone ? La voix de Stavramakos résonne à nouveau. "Il se bat pour ne pas mourir…" Elle le regarde. Elle prend son temps. Elle contemple la brume du matin qui court sur les pentes des montagnes face à elle. Elle sait qu'elle ne peut pas se soustraire à ce qui vient mais elle est soulagée. Elle craignait qu'on ne la plonge à nouveau dans les intrigues et les guerres. Alors elle répond simplement : "Au nom d'Héphaistion, je te suis. Sisygambis dira la vie ou la mort et je ne devrai plus rien à l'Empire."

Ils ne savent pas que faire de ton corps. Je les vois, Alexandre. Ils attendent Glaucos, s'inquiètent, te tapotent les joues en répétant ton nom, sans savoir quelle force ils doivent mettre dans leurs gestes pour t'aider à revenir à toi. Je sais, moi, ce qu'il te faut. C'est pour cela que je reviens. Écoute mes mots, ils te feront du bien. Je te raconte tout, Alexandre, pour que tu aies la force de m'attendre. Je te raconte tout car je sais combien cela va te ravir. Tout s'est passé comme tu l'avais prévu. Après quelques jours de chevauchée, j'ai vu que l'on me suivait. Un cavalier est apparu sur la crête d'une colline, puis s'est évanoui. Des silhouettes d'hommes armés, au loin, dans l'humidité des plaines, surgissaient puis s'effaçaient. Le silence qui m'entourait devenait épais. Je savais qu'ils finiraient par venir jusqu'à moi. J'ai attendu. C'est le jour suivant, seulement, qu'un groupe de cinq cavaliers est apparu sur mon flanc gauche. Ils étaient loin et ne s'approchaient pas. Je ne distinguais ni leurs couleurs ni leurs armes. J'aurais pu me retourner et avancer à leur rencontre pour que tout aille plus vite mais je ne voulais pas quitter ma route. Vers l'est, toujours. Je t'avais entendu tant de fois le dire avec passion. Ils ont fini par lancer leurs montures au galop pour me rattraper. Qu'est-ce qui les a fait changer d'avis ? Ils ont jailli comme si, tout à coup, il devenait important de m'arrêter. Étais-je sur le point de pénétrer dans des terres sacrées ? Avais-je enfreint des frontières invisibles ? Lorsque j'ai vu qu'ils venaient au galop, je me suis immobilisé. J'étais plein de toi, Alexandre, de tes mots, de tes ordres, comme il faut que tu sois plein de ma voix aujourd'hui. M'entends-tu, Alexandre ?

Glaucos arrive en courant. Il s'agenouille au chevet de son maître et palpe son ventre. Tous attendent son verdict mais il ne dit rien. Tous espèrent qu'il se tourne vers eux avec un sourire léger pour dire que ce n'est rien, trop d'alcool ou de fatigue, mais il ne le fait pas. Lorsqu'il relève enfin la tête, il a les traits tirés et il ordonne d'une voix grave qu'on transporte le malade dans sa chambre.

Elle demande à ce qu'on lui accorde quelques instants. Elle va chercher son enfant qui dort encore dans ses langes. C'est un garçon de quatre mois, aux cheveux bruns, à la peau mate. Il dort les bras en l'air, le visage calme. Elle le prend délicatement, lui murmure des paroles douces en l'habillant, puis sort dans l'air frais du matin et s'arrête. Stavramakos est devant elle et la contemple, surpris visiblement de la voir avec un enfant. C'est bien. Elle veut qu'il voie qu'elle n'est plus Dryptéis. Elle veut qu'il réalise qu'il ne sait rien de cette femme qu'il a face à lui. Elle veut lui montrer qu'elle ne lui appartient pas, ni à lui ni à l'Empire. Elle serre son enfant et Stavramakos baisse les yeux. C'est comme s'il s'excusait d'avoir pu croire qu'elle était restée la même. Elle ne dit rien. Elle prend tout son temps. Elle parcourt du regard le temple autour d'elle. Elle dit adieu à la brume des montagnes et à la lenteur des jours. Elle dit adieu à ces prêtres indistincts dont elle ne connaît pas le nom et qui n'usaient jamais du sien. Elle a été heureuse ici, hors du temps. Chaque jour était identiquement lent. Chaque jour la cachait de tout. Elle dit adieu aux pentes des montagnes et à l'air froid du matin. Elle serre de la main son enfant qu'elle a emmitouflé sur son ventre et qui se rendort doucement et elle prie pour qu'il lui soit donné de revoir cet endroit.

Combien sont-ils à le porter ? Il ne sait pas mais il sent leur souffle sous lui, leur effort. Ils se heurtent les uns aux autres, se donnent des ordres avec énervement. Certains vont trop vite. D'autres lâchent prise et pendant quelques secondes, un de ses bras ou une de ses jambes pend dans l'air, avant d'être repris et soutenu. Dans l'escalier, le petit cortège descend avec trop de précipitation et le corps manque de tomber. Ptolémée crie avec colère. C'est lui qui marche devant. La tête d'Alexandre repose sur son épaule, comme un blessé de guerre que l'on ramène à l'arrière en espérant qu'il sera encore temps d'endiguer l'hémorragie. Il sent leur souffle à tous mais il voit d'autres terres. Tout se mélange : il est devant la cité des Malles à nouveau, aux confins du monde. C'est la même agitation autour de lui. "Alexandre est blessé !" Néarque ouvre les rangs des soldats et tous regardent passer le corps avec stupéfaction. Ils le ramènent à l'arrière et c'est ainsi qu'il va quitter l'Inde, sur le dos de ses hommes, perdant son sang à gros brouillons. Où est-il vraiment ?... Sur les rives de l'Indus ou à Babylone ?... Il ne sait plus. Il entend la voix de Ptolémée qui ordonne à ses hommes de mettre un drap sur son corps. Pourquoi le recouvrent-ils ainsi ? Parce qu'ils craignent que la nouvelle ne se répande ?... Oui. C'est cela sans doute car il n'entend plus personne. Chacun de ceux qui le portent marche maintenant en silence. Il est comme une idole en procession. Il ne sent plus rien mais il sait que ce n'est pas fini. La douleur va revenir. Elle ne le laissera plus. Il essaie alors de s'emplir de la fraîcheur de la nuit et de la force de ses hommes. Il sait qu'ils pourraient le porter ainsi jusqu'en Macédoine, se relayant les uns les autres, infatigables, et cette idée lui fait du bien.

Tout s'accélère, Alexandre. Ils te portent sur leur dos. Je vois la petite troupe s'enfoncer dans la nuit jusqu'à ton palais. Tu n'as pas repris connaissance mais peut-être m'entends-tu malgré tout, comme je te vois, moi. Écoute. C'est Éricléops. Écoute ma voix. Les cavaliers qui m'ont intercepté étaient des Orites. Je les ai reconnus à leurs longues nattes. Ils se sont rués sur moi en cinglant les flancs de leur bête avec des cravaches de cuir noué. Lorsqu'ils sont arrivés en trombe, mon cheval s'est cabré et m'a désarçonné. Ils ne m'ont rien demandé, Alexandre. Ni d'où je venais, ni qui m'envoyait. Lorsque j'ai été à terre, j'ai pensé qu'ils allaient s'arrêter mais ce n'est pas ce qu'ils ont fait. Trois d'entre eux ont mis pied à terre et m'ont roué de coups. J'ai senti leurs mains agripper mes vêtements. Ils arrachaient ma tunique, mes insignes… J'essayais en vain de parer les coups mais lorsque je me défendais trop bien, ils ordonnaient à leurs chevaux de me piétiner. Ils me voulaient nu. Je n'étais plus un ambassadeur ni même un ennemi. J'étais un homme à terre, souillé de poussière, les mains recroquevillées sur le crâne, le nez en sang, autour duquel ils tournaient avec lenteur. J'ai hurlé longtemps, puis je n'ai plus même eu la force de cela. C'est seulement alors qu'un des hommes s'est approché de moi. Je ne l'ai pas vu parce que mes yeux étaient gonflés de sang mais j'ai senti son haleine. Il était tout près. Il a écouté si je respirais. Il a semblé surpris de me voir encore en vie. J'ai essayé de chasser hors de moi cet engourdissement de chaque muscle, cette douleur aiguë qui m'écorchait les nerfs. J'ai ouvert un œil. Je n'ai vu que le bleu du ciel dans lequel glissaient doucement de longs bras de nuages. La voix des Orites ne me faisait plus peur. Ils parlaient, hésitaient, se criaient dessus. J'étais loin, moi, de l'autre côté de la douleur, avec la mission que tu m'avais confiée serrée fort dans le creux de mon poing. Je savais que j'avais gagné. Tout s'est passé comme tu l'avais prévu, Alexandre. C'est à cela que j'ai pensé à cet instant. Ils ne savaient plus quoi faire de moi. Ils se sont approchés avec l'air gêné du bourreau qui propose à celui qu'il vient de frapper un tissu mouillé pour qu'il essuie ses plaies. Ils m'ont monté sur une de leurs bêtes. Je ne voyais plus rien, je saignais mais tu avais gagné et ma marche vers le roi des Navananda pouvait commencer.

Le cortège attend au pied de l'escalier du temple. Un des six soldats est descendu de cheval et l'accueille, l'étendard à la main, un genou à terre. La femme aussi s'approche d'elle et salue. C'est une Perse du nom de Némnou qui a été désignée pour être sa servante. Dryptéis déroule alors lentement l'étole qu'elle a nouée sur son ventre et l'enfant apparaît. Les soldats de l'escorte le voient mais personne ne dit rien. "Que tout le monde sache, pense-t-elle, c'est bien." Elle ne répondra pas aux questions, et d'ailleurs, ils n'en poseront pas, ils ne sont pas venus pour cela. Elle tend l'enfant à la servante qui le recueille sans un mot, avec des gestes précautionneux. Puis elle monte sur le cheval richement apprêté. Le tissu de gaze noir tombe sur elle, lui fait une ombre douce et la dissimule aux regards. C'est comme si l'Empire l'avalait à nouveau et lorsque le cortège s'ébranle doucement, elle ne peut s'empêcher de se demander si elle ne voit pas ces terres pour la dernière fois.

Il voudrait les supplier de ne pas le poser. Il voudrait s'imprégner de leur présence, Portez-moi, mes compagnons, je vous sens, nous traversons les rues de Babylone, nous arpentons les routes de Perse, emmenez-moi avec vous, j'échappe aux douleurs quand je suis dans vos bras, il ne sait plus où il est, sous les murailles de la cité des Malles ou en son palais, ni si ses yeux sont fermés ou ouverts mais il est bien, au milieu de l'agitation des siens, entouré de leur amour comme d'une muraille. Il sent confusément leurs épaules sous lui, leur souffle, leur effort. Il n'entend pas ce qu'ils disent, il perd connaissance souvent, le monde autour de lui s'éclipse puis revient mais il voudrait leur demander de ne plus jamais le poser. S'il doit mourir, il veut mourir ainsi, Marchez mes compagnons, cette nuit et les suivantes, Marchez jusqu'à ma mort s'il le faut, il vou-drait leur parler, les supplier, Marchez. Il les sent, il n'y a rien de plus beau à cet instant pour lui que l'ef-fort de ses compagnons qui avancent dans la nuit, le dos cassé, les muscles tendus, inquiets de son état, Ne me posez plus, il voudrait expirer ici, au milieu de leur souffle, sans jamais cesser d'avancer.

Le cortège descend les contreforts des montagnes d'Arie et plonge vers le désert de Drangiane. Elle connaît ces routes, elle les a déjà parcourues. À chaque pas que fait sa monture, elle se rapproche un peu plus d'Alexandre. Il jaillit à nouveau dans sa vie, comme tant de fois auparavant. C'est ainsi. Elle ne peut rien y faire. Qui sont ces hommes qui surgissent, armés, casqués, et décident de son sort ?... Le désert de Drangiane est lent à traverser. Ils suivent le cours de l'Elymandros, le fleuve est quasiment à sec et les oiseaux, sur les berges craquelées, se déplacent avec len-teur, économisant leurs forces pour ne pas mourir de soif. Que se passera-t-il si Alexandre meurt ? Elle serre les lèvres. Tant qu'il vit, elle est en sécurité. Personne n'osera rien faire à la veuve d'Héphaistion mais elle sait qu'il y a d'autres dangers. S'il vit, il verra son enfant. Il ne se contentera pas de le regarder comme l'ont fait Stavramakos et les soldats, sans rien dire. Il posera des questions, demandera l'âge du garçon, comprendra qu'il n'est pas d'Héphaistion et exultera. Elle est la veuve du plus proche des compagnons d'Alexandre, elle ne peut pas avoir un enfant dans le deuil. Qu'or-donnera-t-il alors ?... Elle connaît ses colères. Elle sait de quelle cruauté il peut être capable. Que vaut-il mieux pour elle ? Qu'il vive ou qu'il périsse ? Elle se laisse bercer par le rythme lent du cheval. La chaleur environnante l'engourdit et l'écœure. Toutes ces questions tournent en elle. Elle se sent épuisée. Le voyage est long mais elle ne veut pas arriver. Elle préférerait mille fois rester dans le désert de Drangiane car au-delà, elle le sait, tout, pour elle, sera menace.

Ils te déposent maintenant, Alexandre, avec précaution dans ton lit. Ils t'observent avec crainte, ne sachant que faire, ni comment te soulager. Je les vois, mes compagnons d'autrefois, le visage pâle, la mine défaite. Pour la première fois, Alexandre est à terre. Ils se sentent petits et inutiles. Ils ne savent pas que c'est pour cela que je reviens : j'ai ce qui te donnera la force de te remettre debout. J'ai ce qui te tirera de l'agonie. J'arrive. Le chemin est long, mais je ne m'épargne aucune fatigue.

Il a, sur le visage, des grimaces nouvelles. Il a reconnu, autour de lui, la chambre de son palais et cela l'accable. Il préférait la fraîcheur de la nuit et le murmure pressé de ses hommes… Il voulait leur demander de courir même et qu'il entre ainsi dans la mort accompagné de la fureur des siens… La pièce lui semble petite et l'air difficile à respirer. Il sent des mains qui le touchent, le déshabillent. Peut-être l'ausculte-t-on ? Ils vont se presser autour de lui, avec des mines consternées, ils vont prier, murmurer, lui poser des onguents et mille autres choses qui ne serviront à rien et qui ne feront que le faire étouffer davantage, heure après heure, dans ce lit trop grand.

"Il faut prévenir l'Empire." Glaucos se relève. Il a écouté le sifflement étrange qui émane de la respiration d'Alexandre. Il a regardé la couleur jaune de ses pupilles. "Si la fièvre s'installe, tout peut aller très vite…" Il s'essuie maintenant le front. Les hommes, autour de lui, le regardent avec hostilité comme si, d'une façon obscure, il était responsable de tout cela. Alexandre a entendu. Il essaie de lever la main pour faire signe à ses hommes que Glaucos a raison, mais il ne saurait dire s'il y parvient. Il referme les yeux et essaie d'imaginer ce qu'il va se passer maintenant. Dans tout le palais, des messagers vont seller leurs chevaux. Des dizaines d'hommes vont partir sur les routes du royaume avec la même nouvelle à annoncer : Alexandre est malade. Il sait tout cela. L'Empire d'un coup va frissonner et l'effroi se transmettra de bouche en bouche. Soudain, il entend la voix de Perdiccas à ses côtés. Son ami parle à Glaucos et dit : "Il tiendra." Il ne le dit pas pour s'en convaincre mais avec une réelle assurance. Un instant alors, il se sent bien. Ses hommes croient encore en lui. Il doit s'accrocher à cette idée. Il vaincra le mal comme il a toujours vaincu ses ennemis : en se ruant dans la mêlée. Alors il laisse la fièvre venir à lui pour la voir en face. Des frissons lui courent sous la peau. Son visage se met à rougir. Il a le front perlé de sueur. Sa respiration devient plus difficile mais il n'a pas peur. Il s'accroche à la phrase de Perdiccas comme il lui est arrivé si souvent de s'appuyer sur ses camarades dans la mêlée des combats, il s'accroche à cette phrase qui tourne en son esprit et lui donne de la force : "Il tiendra."

III

LA FIÈVRE AU CORPS

Lorsqu'elle entre dans Persépolis, au pas lent de son cheval, ce qu'elle voit autour d'elle est une ville morte, à moitié recouverte de mousse et d'herbes folles. Tout a changé. Des arbres ont poussé dans les ruines des palais. Des chèvres paissent au milieu des rues. Partout, des chiens sauvages. Les oiseaux ont trouvé refuge dans les maisons. Ils passent sans encombre par les toits écroulés. Elle ne reconnaît rien. Ils déambulent un temps, cherchent leur chemin, reviennent en arrière. Cela fait plus de sept ans qu'elle a quitté Persépolis. Seules vivent ici quelques familles de bergers qui ont repris possession de la ville. Elle descend alors de cheval et demande à la servante de lui redonner l'enfant. Elle veut marcher avec lui dans les rues silencieuses de la ville pour qu'il s'imprègne de ce lieu. Elle fait quelques pas, laissant derrière elle le cortège à l'arrêt. L'enfant est calme. Il regarde autour de lui. Les souvenirs remontent en elle. Elle revoit les servantes la réveiller en pleine nuit. Elle entend leurs voix. "Il faut partir…" disaient-elles. "… Il n'y a pas une minute à perdre…" Sa sœur était déjà prête. Alexandre avait ordonné qu'elles rejoignent toutes deux Babylone. "Il faut partir…" et déjà les chevaux étaient préparés et les affaires mises dans des malles. "Arrêtez", elle se souvient très bien du visage de ses servantes lorsqu'elle prononça cette phrase. Elles la regardèrent avec terreur. Elle avait demandé à ce qu'on la laisse passer. Les femmes de sa suite ne voulaient pas. Elles parlaient de danger, et répétaient : "Stateira vous attend…" mais elle avait tenu bon et les avait laissées là, à leurs mines défaites, pour descendre dans les rues. Elle se souvient du calme qui émanait au début de la ville, puis, d'un coup, des premiers cris qui avaient retenti. Elle serre son enfant contre elle, comme pour le protéger des souvenirs qui l'assaillent. De part et d'autre, ils allumaient des torches et mettaient le feu aux palais. La fumée montait. Les premiers habitants sortaient de chez eux, tirés de leur sommeil par l'odeur. Ils voulaient se précipiter sur les flammes, faire une longue chaîne, s'organiser, mais les soldats grecs étaient là et les en empêchaient. "Ordre d'Alexandre." Elle se souvient encore de ces mots. D'une place à l'autre, de ruelles en ruelles, partout, elle les entendait toujours répétés sur le même ton : "Ordre d'Alexandre" et les toits s'effondraient. "Ordre d'Alexandre", les flammes léchaient les façades millénaires des palais, les peintures cloquaient, les bœufs ailés se tordaient. "Ordre d'Alexandre", tout l'Empire brûlait. Elle est là aujourd'hui, à nouveau et c'est lui, encore, qui l'exige. "Ordre d'Alexandre", elle est tirée de son refuge pour plonger à nouveau dans le tourment de l'Empire. Elle revoit les flammes qui montaient de partout. Les femmes et les enfants sortaient de chez eux, emportant ce qu'ils pouvaient, suppliant leurs dieux d'arrêter l'incendie. Elle marchait, elle, elle voulait tout voir. Elle entendait sa ville gémir. Dans certaines rues, des palais entiers s'affaissaient, engloutissant les hommes et les femmes qui y vivaient. Alexandre était là, sur la terrasse de son palais. Elle ne le voyait pas mais elle savait qu'il contemplait les toits de la ville mangée par les flammes. Lui aussi devait entendre ces voix, qui montaient des rues, "Ordre d'Alexandre", partout où elle passait, elle n'entendait que cela, "Ordre d'Alexandre" et les prêtres se laissaient immoler près de la statue de leurs dieux, "Ordre d'Alexandre", elle avait marché toute la nuit jusqu'à ce qu'il n'y ait plus rien à brûler, jusqu'à ce qu'elle s'effondre le long d'une façade, avec, sur les lèvres, le goût de la défaite. C'est alors que les chants avaient commencé. Elle s'en souvient très bien. Les Macédoniens aux quatre coins de la ville avaient clamé leur joie. La Perse était vaincue. Persépolis ne se relèverait jamais. Elle regarde l'enfant au creux de ses bras et elle sent qu'il ne doit pas être l'héritier de cela. Elle doit le tenir éloigné des ruines et des incendies. Elle doit le protéger des ordres d'Alexandre qui résonnent dans la nuit. Elle parcourt encore un peu les rues délabrées de la ville et elle lui murmure qu'il n'est pas le descendant de ces défaites. "Cela s'arrête avec moi", dit-elle.

Il s'agite dans son lit et les draps sont trempés de sueur. Combien de temps cela durera-t-il ? Combien de jours à tenir face à la fièvre avant de se laisser engloutir ou, au contraire, de finir par vaincre et se lever, le regard droit, le geste sûr, en ordonnant que l'on prépare son cheval pour de nouvelles conquêtes ? Tout l'Empire se pose ces questions. Alexandre se réveille, fait mine de se lever, perd à nouveau conscience, reprend des couleurs quelques heures plus tard, demande alors à boire et lorsqu'on lui apporte ce qu'il a demandé, fait des gestes fatigués pour qu'on le laisse en paix.

Tu brûles, Alexandre. La fièvre te tient depuis deux jours et t'épuise. Elle s'amuse avec toi, t'éreinte, t'abandonne, te fait croire qu'elle t'a oublié, puis t'envahit à nouveau. Tu ne sais pas comment faire pour lui résister. Tu cherches des armes contre ce mal mais tu n'en trouves pas. Je t'en apporte, moi. Je suis l'homme le plus loyal de l'Empire, Alexandre, et lorsque tu me verras – car tu me verras, n'en doute pas – tu le comprendras. Je ne cherche aucune louange, je m'accroche simplement à cette idée. C'est la seule qui me fasse tenir : je suis l'homme le plus loyal de l'Empire et lorsque j'avançais dans ces terres que je ne connaissais pas et qui m'étonnaient sans cesse, je t'emmenais avec moi, Alexandre. Après dix jours de marche vers l'est, les guerriers orites qui m'avaient trouvé et avaient fait de moi leur prisonnier m'ont livré à d'autres hommes. Nous étions arrivés à l'extrémité de leur royaume. Ils m'ont monnayé chèrement. Je n'ai pas compris la teneur des négociations mais les voix étaient tendues. Les nouveaux venus étaient des Navananda. Sept hommes couverts de bijoux – bracelets aux chevilles, grelots aux poignets. On aurait dit des danseurs plus que des guerriers, mais ils avaient un air farouche et résolu. Leur chef s'est approché de moi et m'a posé des questions que je ne comprenais pas. J'ai dit une seule phrase, que j'ai répétée : "J'ai un message pour Argamès de la part d'Alexandre." Ils ont eu l'air surpris. "Dhana Nanda ?…" J'ai oscillé de la tête. J'avais reconnu le nom qu'ils utilisent, eux, pour désigner leur roi. "Dhana Nanda, oui." Je l'ai dit plusieurs fois. Cela a semblé les convaincre. Ils ont donné aux Orites ce qu'ils voulaient – échange de bétail ou pièces d'or, je ne sais pas… – et m'ont emmené.

À chaque répit, il se relève sur sa couche et ordonne qu'on lui apporte des cartes. Les hommes qui l'entourent feignent de ne pas comprendre ou répondent que Glaucos l'a interdit, qu'il doit se reposer, dormir, que son corps a besoin de retrouver des forces. Il les insulte alors avec rage, leur jette toutes sortes d'objets au visage et finit par obtenir ce qu'il demande. Mais souvent, lorsque les cartes arrivent, la fièvre le reprend et il doit les repousser du bras comme un convive écœuré écarte l'assiette qu'on lui tend à la fin d'un repas. Parfois, le répit dure quelques heures. Il retrouve, sur les joues, un teint presque rosé. Perdiccas, alors, s'anime et parle de guérison. Il l'écoute sans rien dire. Il n'a pas la force de le contredire mais il sent, lui, que la fièvre est là, tapie dans son corps, qu'elle n'est pas vaincue, qu'elle attend simplement avec gourmandise avant de l'assaillir à nouveau.

Tu dois tenir, Alexandre – comme j'ai tenu. Moi aussi, j'ai connu des heures longues où je balançais entre conscience et agonie. J'ai traversé le grand royaume de Magadha de part en part. Je ne parlais pas. Les hommes qui m'entouraient semblaient m'avoir oublié. Ils ne s'adressaient à moi que pour me tendre, parfois, un peu d'eau et des morceaux étranges de viandes séchées qui donnaient une haleine de terre brûlée. Les jours étaient longs. Je sentais que je maigrissais, que je m'affaiblissais mais cela n'avait

pas d'importance. Il fallait que je tienne jusqu'à Pâtaliputra. Des rides nouvelles cisaillaient mes joues
de haut en bas. J'avais la barbe longue et les cheveux
en bataille. Les enfants des campagnes qui nous sui-
vaient parfois le long de la route se divertissaient de
mon aspect. Un jour, nous sommes arrivés sur les rives
d'un fleuve immense qu'ils appellent le Gange. Oh,
Alexandre, toi qui croyais que l'Indus était le dernier…
Le monde est vaste et les routes ne finissent jamais. Je
souriais souvent sur ma monture, malgré le froid et
la faim. Mes gardiens me prenaient pour un démon.
Je souriais de sentir ta force en moi comme tu dois
aujourd'hui sourire d'entendre ma voix tandis que
Ptolémée t'éponge le front avec piété et que des servantes pressées tirent les rideaux pour que la lumière
du jour ne t'indispose pas. Je souriais, oui, car il me
semblait avoir la même ardeur que toi. J'étais moi aussi
porté par ce vent de l'âme qui ne s'épuise jamais et
qui fait tout plier devant soi. Aujourd'hui, c'est cette
force que je t'amène. Tu dois tenir, Alexandre, je serai
bientôt près de toi.

D'un geste de la main, Dryptéis demande aux
hommes du cortège de rester en selle. Elle veut être
la première à pénétrer dans le vieux palais en ruine.
Le grand hall royal est plongé dans la pénombre.
Au fond, à travers le toit effondré, un rai de lumière
s'écrase sur les dalles de marbre brisées et les fait scintiller. Lorsqu'elle entre, des dizaines de lézards fuient,
se glissant dans des anfractuosités ou disparaissant
sous les dalles. Elle regarde autour d'elle. Il ne reste
plus rien du faste d'autrefois et les mosaïques du sol
sont couvertes de mousse. Il lui semble entrer dans

l'antre d'un dieu. Elle avance à petits pas, craignant de déranger les esprits qui y règnent. Stavramakos la suit. Elle entend son pas derrière elle et cela lui fait du bien. Elle appelle son aïeule. Sa voix résonne dans les salles abandonnées. Personne ne répond. Elle se retourne vers Stavramakos comme pour lui demander s'il est bien sûr que c'est ici que vit désormais la vieille Sisygambis mais elle ne demande rien, elle voit sur son visage qu'il faut continuer. Elle monte le grand escalier. Des chats maigres s'enfuient à son passage. Que reste-t-il ici ? Et comment est-ce que quelqu'un pourrait vivre en pareil endroit ? Une odeur lourde la saisit en haut des marches, odeur végétale d'humus et de déchets. Elle avance encore. Elle sent maintenant que quelqu'un est là. Elle est devant l'entrée des anciens appartements des servantes. Elle s'approche jusqu'à l'embrasure. Là, face à elle, au fond de la pièce, sur un tas de ce qui, tout d'abord, lui semble être un monticule de feuilles séchées mais qui, en fait, est une couche souillée par le temps et la saleté, une femme, assise, droite, l'observe. "Sisygambis ?…" Elle pose la question en priant pour que quelqu'un lui dise que cette créature est une vieille bergère égarée qui vient ici pour parler aux lézards, mais elle sait que ce n'est pas vrai, elle sait que même si la femme ne répond pas, même si elle ne parvient toujours pas à la reconnaître, la chose qu'elle a devant elle est bien son aïeule, Sisygambis, mère de sa mère. La vieille la fixe. Elle ne dit rien. Dryptéis s'approche, prononce une deuxième fois son nom et s'agenouille devant la vieille. "Des femmes à l'abandon que le temps conserve par cruauté et qui attendent la mort au milieu des chats affamés", pense-t-elle, "voilà ce que nous sommes." Tout est cassé et le monde est transi de froid. Elle repense à son fils qui est au-dehors, dans les bras de Némnou et à nouveau il lui semble évident qu'il ne doit pas être le descendant de cette lignée-là. Elle ne lui transmettra pas les rides et la défaite. Elle doit le protéger. Elle se penche vers la vieille femme, la regarde longuement et lui demande : "Me reconnais-tu ?" mais l'autre ne répond pas. Elle embrasse alors ses mains de vieille femme. Elle le fait avec lenteur et dévotion, puis elle se relève et se met à parler. Elle explique qu'Alexandre, là-bas, à Babylone, se bat contre la fièvre et que le conseil a décidé qu'il fallait une diseuse de mort. La vieille la regarde avec des yeux vastes dans lesquels rien ne se reflète que l'immensité de l'attente. Elle poursuit et dit que c'est elle qu'ils ont choisie pour tenir ce rôle. La vieille ne dit rien. Elle ajoute encore qu'elle est là pour l'accompagner jusqu'à Babylone, que tout se passera bien et qu'elle pourra revenir ici, si elle le désire, quand tout sera fini… Soudain, Sisygambis lui attrape le poignet. Elle la regarde droit dans les yeux et lui dit : "Si tu vas nue, ils ne pourront rien te prendre." Elle ne sait que répondre. La vieille la regarde avec des yeux de folle. "Tue le petit rejeton avant qu'ils ne le fassent… Ou ravale-le dans ton ventre de mère…" Dryptéis blêmit. Ses mains se mettent à trembler. Elle voudrait lui demander comment elle sait, elle voudrait savoir qui lui a parlé de son enfant mais elle n'a pas le temps. La vieille se lève comme une pythie longtemps immobile et se dirige, lentement, vers la sortie du palais.

Écoute-moi, Alexandre, les murs de ton palais ne sont pas assez épais pour étouffer ma voix ni la fièvre assez forte pour te rendre sourd. Je reviens et j'ai vu Pâtaliputra. Entends-tu ? J'ai vu la ville du bout du monde et la foule s'est pressée autour de moi. Ils voulaient tous voir à quoi je ressemblais. Je les voyais se bousculer, me dévorer des yeux, faire des commentaires. J'étais escorté de mes gardes navananda mais ils avaient du mal à contenir la curiosité des badauds qui les entouraient. On les pressait, les bousculait. Des mouvements de foule, parfois, manquaient de nous renverser. C'est une cité majestueuse enceinte d'une large muraille. Des centaines de tours décorées d'or s'y dressent. Nous avons plongé dans le cœur des ruelles et tout était serré. La foule accourait de partout pour me voir. Les gardes qui m'entouraient ont pris peur. Ils craignaient de perdre le contrôle, que des mains ne m'agrippent, que des mouvements de foule ne nous piétinent. J'ai vu la ville des Navananda et je reviens te chercher, Alexandre. Tu dois te lever : je connais la route et je t'emmènerai.

Lorsqu'elle sort du palais, elle chancelle. La chaleur l'étouffe. Les mots de Sisygambis tournent dans sa tête. Elle a chaud. Elle se tord les mains mais elle sait que la vieille femme a raison. Elle doit être nue, se présenter à Babylone sans rien, sans quoi, tout lui sera enlevé. Elle sait que c'est vrai. Elle a déjà connu cela mille fois. Elle doit se dépouiller de tout pour ne plus rien craindre. Ne plus avoir d'empire ni de palais, ne plus avoir de cour ni de bijou. Ne plus avoir de fils même, sans quoi, ils le lui prendront. Le sang lui bat aux tempes. Elle doit se faire violence pour rester droite et ne pas gémir. Sisygambis a raison. Ils arracheront tout ce qu'elle a comme ils l'ont toujours fait. Alors, elle appelle Némnou. Elle hésite encore un instant, puis elle lui montre l'enfant et lui dit qu'elle le lui confie. Elle veut qu'elle le ramène en Arie. Elle s'est trompée, il ne doit pas venir à Babylone avec elle. Il faut qu'il retourne en Arie au plus vite. Elle le répète à la servante. Elle serre le poing. Elle ne veut pas faiblir. Elle parle du village de Sharfakoup qui se trouve un peu au nord du temple. C'est là qu'elle doit aller. Et lorsqu'elle y sera, qu'elle donne l'enfant. Sans dire qui il est. Ses mots lui brûlent la gorge. Elle s'arrête, reprend son souffle puis explique à nouveau à Némnou : qu'elle le donne, oui, et lorsqu'elle aura fait cela, qu'elle la rejoigne à Babylone au plus vite. Némnou la regarde et ne dit rien. Dryptéis a un geste des mains – comme pour prendre l'enfant dans ses bras – mais elle se ravise. Elle sait qu'il sera trop dur de le lâcher ensuite. Alors elle ajoute simplement : "Va maintenant… Dépêche-toi…" et la servante baisse la tête en signe d'assentiment, prend le temps de bien caler l'enfant contre elle – un temps qui semble infiniment long à Dryptéis et qui lui tord le ventre – puis pique son cheval et s'éloigne.

Lorsque les gardes m'ont poussé dans le dos pour que j'entre dans la salle du palais royal de Pâtalipoutra, j'ai fait quelques pas, puis je me suis agenouillé. Ce n'était pas par déférence, mais je voulais avoir le temps de reprendre mon souffle, de me concentrer, de rappeler à moi ton souvenir. Je savais qu'il n'y avait qu'ainsi qu'on me laisserait faire. Il était là, face à moi : Dhana Nanda. Il me scrutait avec calme, ne laissant rien transparaître de sa curiosité ou de sa méfiance. Je respirais calmement et ne tremblais plus. Lorsque je me suis relevé, j'ai vu que personne ne bougeait autour de moi. Des dizaines et des dizaines d'hommes immobiles.

Dhana Nanda avait les yeux cernés de khôl. Il portait aux poignets des bracelets lourds qui lui donnaient des airs de dieu. J'étais à l'endroit précis où tu voulais que je sois. Par ma bouche, deux mondes allaient se parler. Par mon visage, deux civilisations allaient se découvrir, stupéfaites. Un sage, aux côtés de Dhana Nanda, a pris la parole et m'a demandé, dans un langage étrange composé de mots grecs et de mots perses que je reconnaissais sans les comprendre tout à fait, qui j'étais. J'ai dit : "Éricléops, messager d'Alexandre", j'étais venu ici pour cela, pour que les murs de ce palais entendent ton nom. J'étais plein de force à cet instant et la peur m'avait quitté. Ils m'ont demandé quel message j'apportais, alors j'ai souri et j'ai prononcé la phrase que tu m'avais confiée en secret : "Alexandre est là et tu ne lui échapperas pas…" Je savais qu'elle me condamnait mais cela n'avait pas d'importance. Grâce à moi, tu faisais un bond de milliers de stades pour te trouver face au roi navananda, là, dans cette salle d'audience, devant ce dernier ennemi du bout du monde qui restait calme malgré les mots que je prononçais. Je lui ai annoncé que tu allais venir, je lui ai dit que lorsque tu serais face à lui, tu ferais ce que tu as toujours fait, avec Darius ou avec Poros, à Tyr ou à Samarkand, la seule chose que tu saches faire : tu le vaincrais.

Il est de plus en plus léger à manipuler. Est-il possible qu'il maigrisse aussi vite, d'heure en heure ? Les femmes chargées de sa toilette n'ont plus de mal à le soulever dans son lit pour lui changer ses tuniques. Glaucos essaie tous les traitements. Il écoute ses assistants. On lui parle de fièvre, on lui parle d'empoisonnement. On lui parle d'épuisement ou d'autres choses… Il faut tout essayer. Ils le saignent, le recouvrent de baume, le lavent, lui épongent le front. Ils font brûler des décoctions pour assainir l'air, le massent – mais il gémit alors et ils arrêtent immédiatement. Il voudrait qu'on le laisse. Il voit le mal, lui, dans son corps, qui lui brûle les nerfs et lui ronge les forces et il sait bien qu'aucun de leurs remèdes ne le fera reculer. Il faut autre chose. Il s'accroche alors à sa volonté, se replie en lui-même et fait ce qu'il avait fait dans le désert de Gédrosie, quand il avait survécu aux journées de fournaise tandis que tant d'autres périssaient, hébétés, langue pendante, il se répète à lui-même, avec obstination : "Je tiendrai… je tiendrai…"

Ton état empire de jour en jour, Alexandre, mais tu m'entends, n'est-ce pas ? Chasse la fièvre de tes yeux, regarde-moi un instant. Je vais te dire ce qu'il s'est passé dans la salle du palais de Pâtaliputra. Dhana Nanda t'a répondu, Alexandre. Écoute. Lorsque j'ai transmis ton message, il s'est levé de son trône. La salle a fait silence. Il ne me quittait pas des yeux. Était-ce moi qu'il voyait ou était-il en train d'imaginer, à travers moi, ce à quoi tu ressemblais ? Je ne sais pas. Il était calme. C'est un homme aux traits purs. J'ai vu la ferveur des guerriers à ses côtés et je l'ai reconnue, c'est la même que celle qui nous portait lorsque nous t'escortions dans la bataille. Je l'ai regardé et j'ai compris comment tout allait finir, Alexandre. Il s'est approché. Il m'observait toujours. Depuis que j'étais entré dans la salle, il ne m'avait pas quitté des yeux. Il a fait un signe de la main et a demandé quelque chose à ses serviteurs. Je ne comprenais pas ce qui se jouait mais je ne devais pas faiblir, ni marquer la moindre peur, car je n'étais plus tout à fait Éricléops à cet instant, j'étais Alexandre et la Macédoine, j'étais l'avancée de nos armées. Quelques minutes plus tard, trois hommes sont revenus et se sont prosternés devant lui en montrant ce qu'ils avaient rapporté : une urne en terre cuite couverte d'un vernis blanc sur lequel se détachaient des motifs peints au pinceau d'un bleu profond, comme un hiéroglyphe étrange. Le serviteur a ouvert délicatement le couvercle et s'est placé derrière moi, à un mètre à peine. L'urne était ouverte dans ma direction comme s'il voulait récolter quelque chose qui viendrait de moi. Dhana Nanda s'est approché. Je pouvais le toucher. Il a avancé encore. Nos deux visages étaient tout près l'un de l'autre. Il a dit alors un mot dans sa langue mais je l'ai compris, mon corps l'a compris, il a dit : "Je t'attends." Ce n'était pas à moi qu'il parlait. À travers moi, au-dessus des fleuves et des déserts, c'était à toi qu'il s'adressait. Tu entends, Alexandre ? Il t'a répondu. Quelque chose dans mon corps me disait que tout allait bientôt s'achever. Je n'avais pas peur. J'essayais de calmer ma respiration et de tout enregistrer. Dhana Nanda a donné sa réponse. Il ne lui restait plus qu'à signer. Il a mis la main sur la paume de son sabre. J'ai su que, d'un geste brusque, en sortant son arme, il allait me décapiter. J'ai su qu'ensuite, il présenterait ma tête à la foule et qu'elle se mettrait à hurler, galvanisée par son roi. J'ai su alors – sans en connaître véritablement le sens – qu'il refermerait l'urne aux motifs bleus et la confierait, ainsi que ma tête, à un groupe d'hommes chargés de te les rapporter. Ma tête, Alexandre, serait la réponse de Dhana Nanda. J'ai vu tout cela. Alors j'ai fermé les yeux. Je me suis empli de silence. D'un coup, j'ai entendu le sifflement de la lame qui a fendu l'air. C'était bien. Je n'ai pas bougé. À travers moi, vous vous êtes parlé. Ma mission était accomplie. Peut-être est-ce que je me suis effondré mollement sur les dalles de la salle, mais je ne l'ai pas senti. Je crois qu'un sourire est né sur mes lèvres et il me semble que les hommes qui l'ont vu n'ont pu réprimer une expression d'admiration, puis ma tête a fini de rouler tristement aux pieds du roi navananda.

Personne ne peut l'entendre car les mots qui s'échappent de ses lèvres sont plus ténus qu'un murmure. Personne ne peut l'entendre car ils pensent tous qu'il dort, assommé par la fièvre, yeux clos, bouche entrouverte. Pourtant, il ne cesse de serrer les draps dans ses poings et de répéter à l'infini : "Je tiendrai… je tiendrai…"

Elle regarde Némnou s'éloigner dans les ruines. Elle n'est pas encore remontée en selle. Les hommes, autour d'elle, gardent le silence. Son enfant disparaît au loin. Il s'est mis à pleurer. Elle se demande si la femme va réussir à le calmer ? À moins qu'elle ne se trompe… À moins qu'il ne pleure pas et que ce ne soit qu'une voix qu'elle imagine ? Elle doit se calmer, conserver son sang-froid. Elle se raisonne. Elle a fait ce qu'il fallait. Personne ne peut plus rien lui prendre. Elle regarde Némnou disparaître et elle sait qu'elle est en train de sauver son enfant. Malgré la douleur qui l'étreint, elle s'accroche à cette idée, Va mon fils, elle a vu tant de fois le monde collapser, Va, tu ne seras pas le descendant de Persépolis brûlée, elle pense à l'empire de Darius qui n'existe plus, au rêve des noces de Suse qui a été englouti avec la mort d'Héphaistion, Va, mon fils, je t'éloigne de moi, elle pense à la colère d'Alexandre s'il vit, lorsqu'il aurait vu l'enfant, ou aux mille périls qui peuvent fondre à tout moment sur les héritiers potentiels de l'Empire, Va, mon fils, tu ne seras rien, elle regarde le visage de Sisygambis, ridé, aux yeux hagards, le visage de son aïeule qui ressemble à cette ville et elle pense qu'ils sont vieux, tous, et que l'enfant ne doit pas connaître l'usure et la peur, Va, mon fils, je reviendrai vers toi lorsque j'aurai semé l'Empire, alors elle monte sur son cheval et prend la direction de Babylone, sans trembler, car à cet instant, elle le sait avec certitude, il n'y a plus rien en elle qui puisse être arraché.

IV

FAITES DÉFILER L'EMPIRE

Dans les rues, sur les places, dans les premières salles du palais, ce qu'elle sent tout d'abord, c'est la peur. Les hommes longent les murs. Tout le monde s'épie. On parle à voix basse comme si chaque phrase prononcée trop fortement pouvait incommoder Alexandre, comme si le moindre éclat de voix ou bris de verre risquait de le faire mourir. Lorsque la foule voit passer le cortège, les murmures redoublent d'intensité. Certains Perses se mettent à genoux comme du temps de Darius. Tout le monde s'interroge à voix basse et commente l'arrivée de la vieille Sisygambis. Ils essaient d'imaginer ce qu'elle dira lorsqu'elle sera au chevet du mourant et si elle a réellement le pouvoir, par les mots seuls, de dire la vie ou la mort du plus grand des conquérants.

Tout converge vers Babylone. Moi aussi, je reviens. Il m'a fallu du temps. Les routes sont longues et incertaines. J'ai laissé derrière moi Pâtalipoutra et ses hautes tours, j'ai laissé le Gange aux eaux lourdes qui charrient à la fois des algues jaunes et les âmes des morts. J'ai oublié la beauté des femmes de là-bas, j'avais pourtant passé des heures à les observer, me promettant de te les décrire à mon retour. Les gardes royaux qui m'escortent avancent vite. À chaque village que nous traversons, ils exigent des chevaux neufs et on les leur donne. C'est un cortège qui ne connaît aucune fatigue. Nous nous approchons sans cesse de toi, Alexandre. Nous traversons l'Indus. Je sens l'eau froide me passer dans les cheveux. Puis, sur l'autre rive, enfin, nous trouvons un camp grec. Alors ils font ce que leur roi leur a ordonné de faire : ils poussent des hurlements barbares, appellent, font du bruit, jusqu'à ce que les Macédoniens, intrigués, envoient un groupe d'hommes armés dans notre direction. Alors, ils me laissent là, au milieu des herbes hautes, et s'enfuient dans la nuit. Je sens vos mains me recueillir. Je sens la flamme de vos torches me réchauffer. Vous parlez à voix basse. Vous ne savez pas qui je suis mais vous savez qui m'envoie. Vous prononcez son nom avec effroi : "Argamès." Il faut m'emmener jusqu'à Babylone. Je reviens, Alexandre. À chaque halte que nous faisons, à chaque village que nous traversons, ils disent que tu te bats contre la fièvre depuis des jours, que plus personne ne t'a vu depuis qu'ils t'ont imposé de rester dans ta couche. Nous accélérons encore. Ceux qui m'emmènent avec eux ne dorment plus la nuit. Ils piquent les flancs de leurs chevaux jusqu'à ce qu'ils aient l'écume au mors. L'Empire est vaste, Alexandre, mais j'approche. Attends-moi.

"Dryptéis !…" C'est la voix de Stateira. Elle relève la tête et voit sa sœur, au fond du couloir. Elle ne distingue que sa silhouette. Pourquoi ne court-elle pas vers elle ?… Pourquoi se tient-elle d'une main contre le mur comme si elle ne pouvait plus faire un pas ?…

Dryptéis s'approche. C'est alors qu'elle comprend : le ventre de sa sœur est gros et elle a le teint pâle. Dryptéis s'avance, la prend, l'embrasse sur les joues, le front, touche des deux mains son ventre. Enceinte. Elle étouffe un rire. C'est bien. Quelque chose va naître de leur défaite, quelque chose qui n'a rien à voir avec les meurtrissures et la chute des empires. Quelque chose qui ressemblera à la folie du banquet de Suse, à ces heures légères où les hommes croyaient à des rêves insolites et s'enivraient de leur propre démesure. Enceinte. Elles s'embrassent. Dryptéis est sur le point de lui parler de son enfant à elle, de lui décrire le beau visage de son fils – et tant pis pour le secret qu'elle s'était juré de garder… – mais avant qu'elle ne puisse dire un mot, une servante court à leur rencontre et lâche avec terreur : "Il ne parle plus." Stateira se raidit. La nouvelle secoue déjà le palais. Les mots lui ont été enlevés. Par la fièvre, par les dieux, par la mort déjà qui le lèche avant de l'engloutir… Ce matin encore, il parlait, maintenant, il ouvre la bouche, fait de grands gestes des mains, roule des yeux de fou, s'énerve, mais rien n'en sort.

La pièce est plongée dans la pénombre. Le moindre rai de lumière indispose Alexandre et il s'agite comme si des fourmis lui couraient sous la peau. Sisygambis entre dans la pièce entourée de ses deux petites-filles et de quatre servantes. La vieille femme a une moue sévère. Elle marque un temps, toise la silhouette du moribond comme si quelque chose, devant elle, la dégoûtait. Les généraux macédoniens ne disent rien mais on sent que cette cérémonie les irrite. Sisygambis s'approche de la couche. Elle se penche sur Alexandre.

Ils se regardent longuement. Aucun des hommes présents n'ose faire un mouvement. Il y a, dans l'air, quelque chose d'humide et d'âcre comme si la sueur d'Alexandre avait saturé la pièce. Tout le monde attend. Même chez les Macédoniens qui voient cette cérémonie d'un mauvais œil, il naît de l'impatience et une sorte d'appréhension. La vieille femme, à cet instant, a le pouvoir de faire vivre Alexandre ou de le renvoyer dans la mort. Il se redresse lentement tout seul sur les coussins pour être presque à même hauteur qu'elle. Un frémissement parcourt le petit groupe des visiteurs : c'est un bon signe. Cela fait plusieurs jours qu'il n'a pas montré une telle vivacité. Il ouvre la bouche et essaie de parler mais aucun son ne sort. Sa langue claque. Il profère des grognements inarticulés. Ptolémée baisse la tête et la plupart de ceux qui sont là font de même. Ils ne veulent pas le voir ainsi. Leur chef, leur ami, avec cette bouche grande ouverte qui lui donne des airs d'arriéré. La vieille femme l'écoute, elle, sans le quitter des yeux. Elle essaie de comprendre. Ce qu'elle voit en lui, à cet instant, elle ne saurait le décrire. Elle voit le mal qui le ronge, la douleur et l'usure mais elle voit aussi quelque chose qui se bat, quelque chose qui est capable de tout terrasser. Soudain, Alexandre sourit d'un sourire pâle comme une trouée de lumière un matin d'hiver, puis, visiblement apaisé, se rallonge, reprenant, en une seconde, son masque de fièvre et ses yeux de mourant. Sisygambis se tourne alors vers ceux qui sont là et dit d'une voix neutre : "Il a fini sa vie…" Aucun d'entre eux, Perses ou Macédoniens, ne réagit. Ils sont assommés. Mais elle n'a pas tout dit. Elle les regarde calmement, puis elle ajoute : "… Mais cet homme ne sait pas mourir."

D'abord, ils n'ont pas voulu me laisser entrer, disant que tu étais à l'agonie et que tu ne recevais ni visite ni offrande. Mais les gardes qui m'accompagnent ont insisté. Ils ont dit combien cela était important, ils ont dit que la survie de l'Empire en dépendait peut-être. Alors les portes se sont ouvertes. Tout est sombre. Dans les couloirs, les torches ont été enlevées. Les servantes marchent en veillant à ne pas faire trop de bruit. Ils s'habituent tous à l'idée de ta mort, Alexandre, et je sais qu'ils ont tort. Je reviens. Lorsque je prononcerai le mot de "Dhana Nanda", lorsque j'évoquerai le Gange lointain et la capitale du royaume de Magadha, lorsque je parlerai des guerriers de là-bas qui apprennent le maniement des armes en dansant au son des tambours, je sais que tu te lèveras et que tu m'écouteras. Babylone se trompe parce que Babylone a peur. Je les entends se poser toujours les mêmes questions. Que se passera-t-il si tu devais mourir ? Qui prendra ta suite ? On parle d'un conseil où seront conviés tous tes compagnons : Ptolémée, Léonnatos, Néarque, Antigone et Séleucos, tous réunis pour décider de ce qu'il faudra faire. Le partage de l'Empire, c'est à cela qu'ils pensent tous. Ils ont tort mais c'est parce qu'ils ne savent pas que je suis là. Qu'on m'amène jusqu'à toi et je jure que tu te lèveras. Qu'on me présente à tes yeux et la mort fuira de ton corps comme les rats à l'approche de la torche. Je suis Éricléops, le plus loyal de l'Empire. J'ai été jusqu'au bout, m'acquittant de ma tâche malgré l'épuisement et les coups. Je reviens. Je suis le seul, en tout le royaume, à pouvoir te redonner vie. Laisse-moi passer, laissez-moi passer, je suis là.

Stateira s'est sentie mal. Elle s'est effondrée sur un fauteuil, pâle et sans force. Les généraux en ont profité pour ordonner que tout le monde sorte. On a emmené la vieille Sisygambis dans ses appartements et Stateira s'est couchée. Son ventre la lance et elle a besoin de dormir. Dryptéis, seule, est restée au chevet d'Alexandre, sans très bien savoir pourquoi. Peut-être parce qu'elle ne veut pas retourner dans les couloirs où il faudra parler, où on lui demandera comment interpréter les mots qu'a prononcés la vieille Sisygambis et s'il faut avoir de l'espoir ou bien se résigner. Elle a besoin de silence et cette pièce est l'endroit du palais où il y en a le plus. Elle s'est assise dans son dos parce qu'elle ne veut pas qu'il la voie ni même qu'il sente sa présence. C'est une précaution inutile car il est pris par la fièvre à nouveau. Il dort mais tout son corps est agité. Elle se souvient d'Héphaistion, parti lui aussi dans la fièvre et les diarrhées. Son corps, si fort, ayant survécu à tant de batailles, ses épaules larges, ses mains puissantes, tout s'était desséché et amaigri en quelques heures. Elle pense à ces heures atroces où elle accompagnait chaque spasme et elle a hâte de partir. Elle n'attendra pas de connaître l'issue du combat d'Alexandre contre sa maladie, elle n'attendra pas l'accouchement de Stateira, elle va partir au plus vite, retrouver son enfant, les montagnes d'Arie et oublier le monde. Elle ferme les yeux et dit adieu à Alexandre. Qu'il vive ou périsse, c'est la dernière fois qu'elle le voit. Elle se souvient du jeune homme d'Issos aux boucles blondes collées sur le front par la sueur des combats. Elle repense à la folie des noces de Suse, cette nuit où dix mille couples s'étaient unis pour accompagner le mariage du Macédonien. Deux peuples acceptaient de disparaître pour se fondre l'un dans l'autre. Ils furent beaux cette nuit-là, tous, vaincus, vainqueurs. Elle repense à cet homme trop grand pour la vie, qui a fait fuir son père, qui a fait s'effondrer son empire mais qu'elle regarde avec émotion et elle lui dit adieu. Soudain, la porte s'ouvre. Elle sursaute et Alexandre ouvre les yeux. Ptolémée entre et se précipite au chevet de son ami. Il parle fort pour être sûr d'être entendu. Il dit que des soldats venus de l'Indus demandent à le voir et qu'ils apportent un présent de la part de Chandragupta.

Je rentre dans la pièce. Tu es là, devant moi, gisant dans ta couche comme un souverain millénaire. J'ai attendu si longtemps qu'il nous soit donné de nous revoir.

Dès qu'Alexandre entend le nom de Dhana Nanda, ses yeux s'illuminent. Il fait signe qu'on l'aide à se lever. Dryptéis le redresse et lui cale des coussins dans le dos. Il fixe avec appétit son regard sur la délégation qui vient d'entrer dans sa chambre.

Je vous l'avais dit. À ma venue, il se lèvera. Il ne m'a pas encore vu mais il sent la vie s'approcher de lui, ardente.

Les soldats hésitent à entrer dans la chambre. Ils cherchent à s'habituer à l'obscurité. Il leur fait signe de s'approcher avec impatience. Il a l'air excité à nouveau et vivant. Dryptéis le contemple avec surprise. Il y a un instant encore, il gémissait dans sa couche. Elle pense alors aux mots de la vieille Sisygambis : "Cet homme ne sait pas mourir…" Elle a raison. Qui peut savoir s'il mourra ou s'il survivra ? Un des gardes se détache du groupe. C'est le plus âgé. Il salue d'une voix forte et présente à ses yeux un sac épais de lin. Alexandre fait signe de l'ouvrir. Le garde plonge alors sa main dedans et en ressort une tête humaine qu'il expose aux yeux de tous.

Regarde, Alexandre, c'est moi : Éricléops. À ma vue, ils laissent tous échapper un cri de stupeur mais tu souris, toi, tu comprends. J'ai été loyal. Je me suis acquitté de ma mission. Tu me regardes et tes yeux brillent de curiosité.

Le soldat sort maintenant du sac l'urne de terre décorée de hiéroglyphes bleus. Personne ne sait ce que c'est. Ils savent simplement que ces présents viennent du bout du monde. Alexandre tend ses mains avec avidité. On la lui donne. Il la caresse longuement, pris du vertige de savoir que cet objet a été tenu par les mains de son ennemi. Puis, en tremblant, il l'ouvre. Tous, alors, entendent la même chose : le son sec de la lame d'Argamès qui fend l'air, le son d'avant la décapitation. Alexandre sourit. Il entend Dhana Nanda qui le regarde dans les yeux et lui dit : "Je t'attends." Le roi navananda n'a pas peur et relève le défi. Dhana Nanda lui renvoie la tête tranchée de son messager pour lui dire qu'il sait qu'il existe et qu'il a hâte de le combattre. Alexandre ordonne, en gribouillant sur un tableau en ardoise, qu'on enterre la tête d'Éricléops avec les honneurs. Puis, il écrit avec fièvre ces quelques mots qu'il montre à tous : "Qui m'emmènera ?" Personne ne répond. Les hommes baissent la tête. Il les regarde un à un. Il tape sur l'ardoise pour reposer sa question mais les hommes autour de lui restent muets. Le silence s'installe. Il voit qu'ils n'oseront pas. Ce qu'il lit partout, c'est qu'il est intransportable. Ce qu'il lit sur leurs visages décomposés, c'est qu'il mourrait après deux jours de voyage, que sa fin est certaine, qu'il faut penser à autre chose, à la succession, aux alliances. Il n'y aura pas de guerre contre Dhana Nanda. C'est un rêve. Il sent leur malaise, alors quelque chose cède en lui. Il est épuisé d'un coup. Que reste-t-il à vivre s'il ne peut plus espérer parcourir le monde ? Du fond de son corps monte un nouveau spasme, plus terrible que les précédents. Ses muscles se figent. Il ne peut plus respirer. Il sent la douleur rayonner dans chaque nerf. Il est en feu. Il se renverse en arrière, le dos cabré, le visage blême et il cède. Il est temps de mourir. Il s'y résout. Il ordonne alors qu'on ouvre les portes de sa chambre et qu'on laisse entrer son armée. Il veut voir ses hommes une dernière fois. Prendre le temps de les saluer tous, jusqu'au dernier.

Est-ce que tout s'achève ainsi ? Est-ce que je ne suis venu d'aussi loin que pour te faire sourire une fraction de seconde avant de te voir mourir ? Je voulais que tu te lèves… Je voulais t'emmener avec moi, Alexandre. Est-ce que tu es vraiment sans force ? Est-il possible que tout s'achève ainsi ? Dhana Nanda t'attend là-bas, sûr de lui, impatient. Je suis mort pour que vous puissiez vous défier et vous ne vous rencontrerez jamais ?…

La nouvelle se répand qu'Alexandre a ordonné qu'on ouvre les portes de sa chambre pour que le défilé commence. Ceux qui sont déjà à son chevet approchent, puis viennent les autres. L'armée entière se présente. Les hommes se sont mis les uns derrière les autres, en une longue file qui emplit les couloirs, descend jusque dans la cour et va plus loin encore, devant le palais, dans les rues de la ville. Il en vient toujours davantage. D'abord approchent les compagnons du premier jour et Alexandre les regarde longuement. Ptolémée pleure et ne veut pas céder sa place. Perdiccas, Séleucos, Antigone se tiennent derrière lui, tous fidèles depuis le départ de Macédoine. Alexandre les regarde, il se souvient des débuts, une bande de jeunes gens fous, voilà ce qu'ils ont été. Léonnatos, Lysimaque, Peucestas, Séleucos, Peithon, tous macédoniens, tous mariés à des Perses grâce à lui. Ils défilent un à un, certains disent un mot, d'autres ne trouvent rien à dire et se penchent sur lui, simplement pour l'étreindre. Séleucos lui murmure "merci" dans l'oreille. Ils savent tous qu'ils le voient pour la dernière fois. Tout est lent. C'est un défilé interminable. À plusieurs reprises, un serviteur demande à Alexandre s'il veut s'arrêter pour dormir un peu mais Alexandre le chasse d'un geste mauvais. Qu'ils viennent tous. Faites entrer l'Empire. Il n'éprouve plus de fatigue. Ce sont ses hommes, ses compagnons, ses soldats de toujours qui défilent. Dryptéis est là qui pleure. Quelque chose en elle s'est rompu. Elle n'a plus la force de partir. Elle est happée par le rythme lent de cette longue file d'hommes qui la fait chavirer. En son cœur, à cet instant, elle ne saurait dire si elle l'aime ou le hait. Elle aussi se présente, Adieu Alexandre, elle serre sa main et sourit doucement, Adieu Alexandre, mais il ne la lâche pas, la vigueur de sa main l'étonne, comme s'il s'agrippait à la vie, elle voit dans ses yeux quelque chose qui la trouble, elle sent que malgré la mort qui vient, ce n'est pas la dernière fois qu'elle le voit, elle blêmit, baisse la tête et cède sa place. Dans l'esprit d'Alexandre, tout se confond, les lieux et les époques se mêlent. Il voit les hommes qui se présentent à lui mais il voit également ceux qui sont loin. Olympias s'avance. Lorsqu'elle arrive à son niveau, elle le toise de sa hauteur de reine molosse et lui redemande encore, avec une moue étrange et une voix douce : "À qui appartiens-tu, Alexandre ?" Il ne peut pas répondre, les mots ne sortent plus de lui, il ouvre juste de grands yeux surpris. Elle regarde autour d'elle, pose ses yeux sur les toges perses, le palais de Babylone, les statues de Mazda et elle repose la question : "À qui appartiens-tu ?", Cleithos est là aussi, c'est à son tour de se présenter, il le fait avec la gorge encore violacée et la langue pendante, comme une tête de vache sur l'étal du boucher. Il ne dit rien, il se contente de le regarder mais c'est encore plus terrifiant. Le défilé se poursuit. Ce sont les hommes du rang qui se présentent face à lui maintenant, ceux-là, il ne les connaît pas, mais il veut donner à tous un regard, que chacun puisse dire qu'au dernier jour de sa vie, Alexandre l'a salué. Les plus vieux – ceux qui ont fait les campagnes de Sogdiane où les archers de Spitaménès les ont mis en pièces, ceux qui pourchassèrent Bessos jusqu'à Samarkand, ceux-là pleurent. Alexandre, lorsqu'il est ému par un visage ou un geste, leur fait signe de s'approcher et leur tend la main qu'ils serrent avec effusion. Darius le Grand s'approche du lit, le vois-tu, Alexandre ? Oui, Alexandre le voit, il sourit avec mélancolie. Memnon de Rhodes avance également, mort en pleine mêlée, le visage écrasé par les sabots d'un cheval rendu fou par l'attaque. Ils viennent tous, les vois-tu, Alexandre ? Oui, il les voit, les vivants comme les morts. C'est au tour de Calanos d'entrer maintenant, son ami, rencontré en pleine lutte contre Poros, Calanos le sâdhu. Il pleure en le voyant apparaître, parce qu'il se souvient de ce jour, où, éreinté par la maladie, Calanos avait décidé de ne plus vivre et avait mis le feu lui-même au bûcher qui devait l'engloutir et toute l'armée macédonienne était venue lui rendre un dernier hommage, Léonnatos avait fait rugir ses hommes pour que Calanos les entende et qu'il parte avec ce son-là, celui des guerriers qui grognent leur admiration et frappent leur bouclier, c'est ainsi qu'il se présente dans la chambre, une torche à la main, l'air serein, cet homme-là était plus fort que tous les autres, il est mort sans hurler sur le bûcher, acceptant les flammes avec reconnaissance puisqu'elles le soulageaient de la maladie dont il ne voulait pas. La foule continue à se presser, les mères ont amené leurs enfants. Tout Babylone passe devant sa couche. Cela fait plusieurs heures que l'incessant va-et-vient se poursuit, les vois-tu tous, Alexandre ? Oui, il les voit, lorsqu'il n'a pas la force de lever la main, il se contente de cligner des yeux, Af Ashra est devant lui, le jeune homme des montagnes de l'Hindu Kush, celui qui sait où trouver la musique, il le regarde longuement, il aimerait tant, à cet instant, avoir encore la force de danser, de tourner sur lui-même pendant des heures pour tout oublier, être au centre de la musique, entouré du claquement des tambours, là où le temps n'existe pas, il aimerait tant, le visage d'Af Ashra lui rappelle cette ivresse, il prend alors l'urne aux volutes bleues que lui a envoyée Argamès et il la lui tend, il ne sait pas pourquoi mais il lui semble qu'elle doit revenir à ce jeune homme, qu'il saura un jour ce qu'il faut en faire, Af Ashra s'agenouille et disparaît, laissant sa place à un autre. Alexandre sent la fatigue qui l'assaille. Il serre encore les draps du lit dans son poing. Il doit tenir. Le défilé continue. Des centaines d'hommes et de femmes attendent encore leur tour et il veut rendre à chacun son regard, jusqu'au dernier. Des heures entières passent puis, enfin, lentement, la longue file d'hommes et de femmes finit par s'étioler. Le plus anonyme des phalangistes a pu saluer son chef. Tout est fini maintenant. Alexandre est exsangue. Il s'est effondré dans sa couche, la tête en arrière, les joues creuses, les yeux fermés. La longue chaîne de visiteurs se poursuit dans son esprit, à l'infini, les amis de Macédoine, les milliers d'hommes qu'il a rencontrés, ambassadeurs, princes étrangers, les prêtres de l'oasis de Siwa, les dresseurs de paons de l'Indus, ceux qu'il a tués, ceux qu'il a aimés. Dryptéis se tient dans un coin de la chambre mais elle s'éclipse maintenant. Les généraux, eux aussi, quittent la pièce. Il est temps de laisser la mort entrer : qu'elle le soupèse, l'examine et voie si elle veut de lui ou pas. C'est ce que veut la tradition. Il faut la laisser s'approcher pour qu'elle le contemple, le lèche, le renifle en espérant peut-être qu'il ait encore la force de la chasser du pied ou, pourquoi pas, de lui faire peur ?... Plus personne ne doit entrer. Alexandre et la mort vont rester face à face pour se jauger. Tout le monde quitte la salle, tête basse, sidéré de voir qu'un homme peut conserver, à l'instant de mourir, avec une telle force, le plein éclat du vivant.

V

LES PLEUREUSES

Elle règne sur le silence de la chambre, elle, cette femme qui n'est rien – une servante dont tout le monde oubliera le nom, qui n'a pas réellement de visage, porte des voiles de gaze noire – une ombre presque –, qui veille sur son corps depuis que tout le monde a quitté la pièce. Elle fait des gestes lents pour ne pas le tourmenter, s'applique à ne pas faire de bruit, ne pas entrechoquer les coupes, chasse la lumière de cette salle avec précaution, jusqu'à la tache pâle que représente son propre visage qu'elle cache sous un voile. Elle, qui fait partie d'un groupe de trois indistinctes parce que vêtues de la même façon et marchant du même pas lent et feutré de soignante, elle veille tandis que tous les visiteurs sont partis. Elle lui éponge le front, lui humecte les lèvres, le redresse parfois le temps de le changer – car les tissus qu'il porte sont vite trempés de sueur. Elle s'assoit aux côtés du corps et pose la main sur son torse de tout le plat de la paume pour entendre le bruit de la vie qui court encore en lui, attentive à ne pas trop appuyer pour ne pas risquer d'empêcher le souffle. Elle écoute avec la main, elle est au plus près du râle. Elle ne lui parle pas, reste silencieuse, prête à donner le signal. Elle sait que c'est à elle qu'il incombera de prévenir l'Empire.

Lorsque Perdiccas ou Eumène entrent dans la chambre d'Alexandre, ils demandent à une des trois ombres qui va et vient en silence s'il vit encore, non pas en lui adressant la parole car ce ne sont que des femmes sans nom dont personne ne sait même si elles sont perses ou macédoniennes, mais juste en levant le menton, avec un air interrogatif, et une d'entre elles, celle qui s'est assise au chevet du mourant, celle qui écoute avec la main, répond "non" sans rien dire, simplement en ne relevant pas la main. Il leur suffit de voir qu'elle ne bouge pas pour comprendre que si elle écoute encore le poitrail, c'est qu'il vit.

On frappe à la porte de sa chambre et avant qu'elle ait le temps d'ordonner que l'on entre, Némnou apparaît dans l'embrasure. Elle est là, face à elle. Elle vient d'arriver, encore couverte de la poussière du voyage. Dryptéis lui fait signe d'approcher. Elle a envie de l'embrasser. Elle est heureuse de la voir. C'est comme si le grand ciel d'Arie et le vol lent des rapaces étaient entrés dans la pénombre du palais, comme si Alexandre et l'Empire n'existaient plus. Némnou s'approche et explique qu'elle s'est acquittée de sa mission, qu'elle est remontée jusqu'au petit village de Sharfakoup et qu'elle a donné l'enfant. "Comment s'appelle-t-elle ?" demande alors Dryptéis, "Khafarma", répond la servante. "Tu ne lui as rien dit ? – Rien." Elle a pris l'enfant sans savoir d'où il venait et qui il était, elle a pris l'enfant et la servante est repartie tout de suite. Dryptéis ferme les yeux. Elle essaie d'imaginer son fils là-bas, dans des bras qui ne sont pas les siens, ouvrant des yeux étonnés sur une pièce chaude qui sent l'odeur des bêtes. "Personne ne t'a suivie ? – Non, personne."

C'est bien. Son fils est là-bas, ignoré de tout, à l'abri. Elle relève la tête et remercie la servante. Elle n'a plus qu'une hâte : quitter Babylone et retourner dans le silence scintillant des montagnes d'Arie.

Dans la chambre d'Alexandre, la femme assise au chevet du mourant est toujours immobile. Sa main posée recueille le souffle, là, très loin dans la poitrine, ténu, de plus en plus fragile mais tenant encore. Et puis d'un coup – mais personne n'est là pour le voir –, d'un coup, elle ferme les yeux pour être plus attentive : un silence épais émane du corps. Quelque chose n'est plus là. Elle reste immobile, un temps, puis baisse la tête et se lève avec lenteur. Il est mort. Les autres femmes, des ombres comme elle, n'ont rien besoin de demander. Elles s'approchent et entament une série de gestes, précis, économes, comme si elles avaient toujours su ce qu'il faudrait faire à cet instant. Elles sèchent la sueur, habillent le corps d'une tunique royale. Elles brûlent de l'encens pour que l'odeur de la mort n'indispose pas les visiteurs et ouvrent la porte. Quelque chose doit sortir de cette pièce, le secret et l'attente, quelque chose doit aller au-devant du monde. La nouvelle de sa mort naît entre ces trois femmes silencieuses puis sort de la chambre et se propage dans les couloirs du palais. C'est comme un courant d'air mauvais qui tourne dans les couloirs. Perdiccas l'apprend et avec lui Eumène. Ils s'y attendaient mais lorsqu'ils approchent de la couche, ils flanchent, s'agenouillent et pleurent. Les autres ne tardent pas à suivre, ceux qui veulent entrer dans la pièce pour vérifier de leurs propres yeux, ceux qui sortent du palais pour crier leur deuil. Tout enfle. Perdiccas se relève. "Il faut faire vite", dit-il. Il

pense à la réunion des généraux, au conseil de Babylone. Il ne faut pas que l'Empire se fissure. Tout va se
jouer dans les heures qui viennent. Il n'y a que Stateira qui ne le sache pas encore. Elle s'est endormie.
Dryptéis court vers sa chambre pour la réveiller. La
nouvelle est sortie du palais maintenant. On entend
des cris dans les rues. La nouvelle se répand et prend
possession de la ville.

Dryptéis entre dans la chambre de sa sœur en faisant le plus de bruit possible. Stateira sursaute et se
dresse dans sa couche. Elle sait. À l'instant où elle voit
le visage de sa sœur, elle sait. Elle met la main sur son
ventre et ouvre la bouche comme si la chambre ne
contenait pas assez d'air. Elle ne pense pas à se presser,
à bondir hors de sa couche et à courir dans les couloirs. Elle est pétrifiée par le deuil. Roxane y pense,
elle, dans l'autre aile du palais. Qui l'a prévenue ? Nul
ne le sait mais elle arrive, se présente devant la porte
avec majesté et se fait ouvrir. Voilà peut-être des jours
qu'elle soudoie une des trois servantes pour être certaine d'être la première à entrer dans la chambre. Elle
sait que l'Empire va gronder et qu'il faudra être rapide
pour ne pas être ensevelie avec la dépouille.

Tarkilias fait sortir Glaucos du palais. Il le tient par
le bras mais le médecin crie et se débat. Les phalangistes qui l'entourent sont obligés de le ceinturer puis
de lui tenir les bras dans le dos pour le faire avancer.
Même alors, il essaie de se tordre pour échapper à ses
gardes. Il se tourne en tous sens et supplie : "Tarkilias !… Tarkilias !…" Lui, ne répond pas. Glaucos

continue : "Tarkilias ! Par pitié… Ce sont les dieux qui ont voulu qu'il meure !" Tarkilias ne bouge toujours pas. Il a reçu l'ordre d'emmener le médecin derrière le palais et de le crucifier. Il le fera. Peu importent les cris de Glaucos et ses supplices. Il pense qu'au fond, c'est peut-être ce qu'ils devraient tous faire, ceux qui ont servi et accompagné Alexandre : s'immoler, là, maintenant, pour disparaître avec lui. Que vivront-ils de plus maintenant qu'il est mort ?… On parle déjà d'empoisonnement. Les regards se tournent vers les fils d'Antipater : Iolas et Cassandre. Les soupçons vont croître. Les dissensions se faire jour. Perdiccas et Ptolémée se sont violemment empoignés sur le partage de l'Empire. Les coups vont pleuvoir, c'est certain. À quoi va-t-il participer maintenant ? Il va devoir faire comme tous les autres : choisir son camp et lutter contre ceux qui furent autrefois ses amis. Il devrait s'immoler, oui. L'armée entière devrait calmement s'ouvrir les veines dans la plaine d'Issos, ou le long de la frontière de l'Est, sur la rive de l'Indus. Cela seul serait à la hauteur de celui qu'ils viennent de perdre. Une armée entière, immobile pour l'éternité. Que vivront-ils de plus ? Tout sera laid à partir d'aujourd'hui, comme les cris de Glaucos qui supplie encore les dieux au moment où les clous lui rentrent dans les chairs.

Il n'est plus question de partir. Dryptéis n'y pense plus. Les montagnes d'Arie se sont éloignées. Elle serre sa sœur dans ses bras. Stateira n'arrive pas à parler. Elle est secouée de hoquets violents, ouvre la bouche pour respirer sans parvenir à reprendre son souffle. Ses lèvres tremblent. Elle ne tient plus sur ses jambes. Il n'est plus question de partir. Il faut qu'elle aide sa sœur à se lever. Il faut qu'elle l'accompagne jusqu'à la chambre d'Alexandre pour qu'elle puisse se recueillir sur la dépouille.

Tout pleure maintenant. Les prêtres, les soldats, les compagnons d'Alexandre, Stateira dans les bras de sa sœur. Seuls quelques-uns vont et viennent avec célérité, le visage sombre. Roxane fait appeler deux de ses gardes venus de Sogdiane et qui lui sont d'une indéfectible loyauté et leur ordonne de se mettre devant la porte et d'en garder l'accès. Elle veut être seule dans la chambre. Celle qui aura le corps conservera le pouvoir. C'est à cela qu'elle pense. Au-dehors, la nouvelle se répand. Les soldats se heurtent le front et frappent de leur poing leur bouclier. Nombreux sont ceux qui n'y croient toujours pas, lèvent les yeux au ciel, esseulés, demandent qu'on leur répète la nouvelle. Dans la chambre du palais, une des trois femmes peigne le mort avant l'arrivée des prêtres. Est-ce celle qui avait la main posée sur le corps du moribond ou une autre ? Peu importe… Elles sont indistinctes. Elle passe avec lenteur un peigne d'ivoire dans ses longs cheveux blonds. Ce geste lent, soigneux, est peut-être le dernier de l'Empire. Elle prend chaque mèche méticuleusement et passe les dents du peigne à travers. Les longs cheveux n'ont pas encore perdu leur éclat. Stateira se lève de sa couche, s'appuie sur le bras de sa sœur et sort de sa chambre en titubant. Elle avance mais tout est déjà joué. Les couloirs lui semblent horriblement longs. Chaque mouvement lui fait mal. Son ventre gonflé par la grossesse la lance. Elle progresse, le visage décomposé. Elle ne sait pas encore que Roxane est déjà dans la chambre, que la femme a fini de peigner le mort et que ces mèches blondes, elle ne les reverra pas. Tout l'Empire se convulse et se presse. Il n'y a que le peigne, une dernière fois, qui passe dans les cheveux d'Alexandre avec calme et sérénité.

Vous m'avez oublié, je le sens. Vous ne vous êtes pas acquittés du dernier ordre d'Alexandre… Il avait demandé que ma tête soit enterrée avec les honneurs. Qui se souvient de cela ? Sa mort a tout occulté. Je passe de mains en mains et je sens qu'on me saisit avec de moins en moins de déférence. On m'attrape maintenant comme un morceau de viande et on me jette sans ménagement, je ne sais où. Sans chant. Sans parole. Seule compte la mort d'Alexandre. Le reste, tout le reste est escamoté. Ce n'est rien. Je n'en souffre pas. J'écoute la panique, les tremblements, j'écoute les murmures sans fin. Le monde s'agite et tremble. Est-ce que tout s'achève ainsi ?… Mon long voyage n'a-t-il servi qu'à faire sourire Alexandre sur son lit de mort ?… J'étais venu le chercher, moi, mais personne ne s'en soucie plus.

Dryptéis sent que quelque chose n'est pas normal. Sa sœur s'appuie sur elle et elles avancent lentement dans les couloirs. Les visages qu'elles croisent sont fermés, les servantes baissent les yeux à leur passage. Ce n'est pas la mort d'Alexandre, il y a pire. Stateira a le souffle court et son ventre tire. Elle est enceinte de sept mois et elle pense qu'Alexandre ne verra pas son fils, que l'enfant qu'elle porte naîtra d'un père mort. Il aura pour parents le silence et le deuil. Il aura pour fêtes les rivalités et le délabrement de l'Empire. Elle avance avec lenteur et lorsque enfin elle arrive devant la porte de la chambre, elle comprend : deux gardes sont là qui lui en interdisent l'accès. Tout se joue maintenant, dans les odeurs d'encens et les prières à voix basse et elle comprend qu'elle vient de perdre. Elle essaie de forcer le passage mais les deux gardes font obstruction, sans violence, avec fermeté. Elle les insulte, leur ordonne d'ouvrir, montre son ventre, dit que le successeur d'Alexandre est là, mais cela ne sert à rien. Dryptéis l'aide et insiste à son tour. Elle leur dit : "Comment osez-vous !" Elle leur dit : "Écartez-vous devant l'épouse d'Alexandre et la fille de Darius" mais personne ne bouge. Elles sentent que Roxane est de l'autre côté de la porte. Stateira frappe du poing comme une enragée. Elle a perdu, elle le sait, elle crie, elle bave, frappe de toutes ses forces, jusqu'à ce que sa sœur lui dise de se ménager, la relève, lui essuie le front et l'écarte, la ramenant avec prévenance dans sa chambre pour qu'elle se calme. Elles pensent toutes les deux qu'elles trouveront un moyen de revenir, que Roxane ne pourra pas rester éternellement enfermée dans cette pièce. Elles se disent que tout ne peut pas se jouer ainsi, en quelques minutes, et que leur heure viendra.

La nouvelle domine le monde maintenant : Alexandre est mort. La femme qui avait la main posée sur son torse a disparu. Elle fait peut-être partie de celles qui tapissent les murs du palais de grands tissus noirs. À moins qu'elle n'ait rejoint le cortège des pleureuses. Rien ne compte plus. Elle a disparu, elle est une bouche de plus qui pleure et crie, elle est une des silhouettes de cette foule immense qui se presse devant le palais et prie toute la nuit. Il n'y a plus que cela à Babylone, et dans tout l'Empire au fur et à mesure que la nouvelle se répand : la présence de la mort, et jamais Alexandre n'a semblé si grand, régnant en silence sur des dizaines de villes, faisant pleurer des centaines de milliers d'hommes et de femmes, diffusant partout la peur – aux soldats qui se demandent qui les dirigera désormais, à Perdiccas et Eumène qui voient marcher dans les couloirs les autres diadoques, Ptolémée, Séleucos, Peucestas, Néarque et Cassandre, et qui comprennent à leur regard que l'heure des loups a sonné et qu'il va falloir lutter avec ceux que l'on a aimés – la peur – à Stateira qui sent qu'elle a été trop lente et que plus aucune pièce de ce palais n'est un refuge – la peur – pour tous, persuadés que rien ne survivra à Alexandre et que le monde va sombrer dans les chants tristes et les prières.

Glaucos est mort après avoir gémi pendant cinq heures. C'est ce que Tarkilias vient de dire à Perdiccas pour lui faire savoir qu'il s'est acquitté de sa mission mais le général ne le regarde pas. Tarkilias sent que pour son interlocuteur, cette nouvelle n'a déjà plus d'importance. Il salue et va pour s'éloigner lorsqu'il se fige. Des pas résonnent dans le couloir. Les diadoques arrivent. Ils sont tous là, les compagnons d'Alexandre, ceux de toujours, en grand habit d'apparat. Il se met sur le côté pour les laisser passer. Il connaît chacun d'entre eux. Il a combattu auprès de chacun d'entre eux. Ils avancent tous, visages fermés, poings serrés sous les toges. Tout se joue maintenant. Perdiccas et Eumène les rejoignent et ils entrent dans la salle du conseil. Lorsque les portes de la grande salle se referment, laissant Tarkilias seul dans le couloir, un silence profond tombe sur le palais, Babylone et l'Empire. La succession vient de commencer et personne, à cet instant, ne peut savoir qui vivra et qui périra.

VI

RESTE AUPRÈS D'ALEXANDRE

Il n'y a qu'elle qui court dans les couloirs. Le temps partout a été aboli et tout se fait avec lenteur et à voix basse, mais Dryptéis va d'un point à un autre du palais, les traits tirés, les yeux apeurés. Avez-vous vu Stateira ?… Elle cherche, demande. Personne ne sait. Comment est-ce possible ? Elle l'a raccompagnée dans sa chambre pour qu'elle se repose et maintenant, elle ne l'y trouve plus. Elle pose la question plusieurs fois à ses servantes. Qui l'a vue pour la dernière fois ? Mais elle ne parvient pas à obtenir de réponse. Avez-vous vu Stateira ?… Elle demande aux soldats, va voir aux cuisines, retourne dans la chambre du mort qui est toujours fermée – mais sur ordre du conseil des compagnons cette fois. Plus personne ne doit pouvoir approcher la dépouille. Elle sent le danger entrer en elle. Une femme enceinte ne disparaît pas ainsi… Elle cherche encore mais le temps passe et elle comprend alors que la lenteur qui l'entoure est un leurre. La guerre a commencé. Ceux qui marchent tête basse dans les couloirs, ceux qui ont l'air de ne rien faire d'autre que de prier, se sont en fait déjà lancés dans la bataille. Et elle, elle n'a pas su protéger sa sœur. Elle voudrait courir jusqu'à la salle du conseil, aller voir Perdiccas ou Ptolémée ou n'importe lequel des généraux mais ils sont enfermés depuis la veille et, paraît-il, se découpent l'Empire. Elle se raisonne pour ne pas se mettre à crier ou pour ne pas aller voir directement Roxane et lui demander ce qu'elle a fait de la mère et l'enfant. Elle va d'un point à un autre. Elle ne peut se résoudre à ce qui se passe. Stateira ?… Stateira ?… Elle ne peut même pas appeler. Elle doit aller, venir, sans révéler ce qui l'occupe. Le temps s'étire et le palais lui semble un labyrinthe dans lequel on l'a enfermée pour qu'elle devienne folle.

Ce sera elle, je le sens. Elle ne le sait pas encore mais je la vois tituber dans les couloirs, la mine pâle, les mains tremblantes. Elle appelle sa sœur qui ne répond pas. Je l'entends moi, et je sais que ce sera elle.

Elle tremble maintenant dans sa chambre, les genoux repliés sur elle-même. Son nez coule. Elle pleure avec nervosité. Ses deux servantes l'appellent à travers la porte : "Dryptéis !… Dryptéis !" mais elle ne répond pas. Elle gémit, simplement. Elle a besoin de temps. Elle tape du poing son genou et serre fort le drapé de sa robe comme si elle voulait la déchirer. "Laissez-moi." Tout va trop vite. Pourquoi a-t-il fallu qu'elle quitte le temple d'Arie ? Pourquoi a-t-il fallu qu'elle vienne ici assister au saccage de tout ce qu'elle aime ? Elle n'arrive pas à croire à ce qu'elle a vu. Sa sœur, assassinée. Ils l'ont tuée… À peine deux jours après la mort d'Alexandre… Elle a vu le corps. Une vieille servante qui était déjà au palais lorsque Darius était enfant l'a appelée et, au péril de sa vie, l'a amenée dans les salles voûtées des sous-sols du palais. C'est là, dans l'humidité de ces pièces où les murs scintillent de condensation, qu'elle a vu sa sœur. Stateira… Il a fallu étouffer ses pleurs pour ne pas faire de bruit. Il a fallu se mettre les mains sur la bouche et résister à l'envie de se jeter à genoux et hurler. Elle n'a eu que quelques minutes. Stateira était là, les jambes un peu écartées, livide, les cheveux traînant sur la terre battue. Elle a vu sa sœur morte, le ventre encore gros. Elle a vu les traces violacées sur son cou. Ils l'ont étranglée et elle a dû se débattre, pas pour elle mais pour son fils à naître. Elle a dû les maudire d'assassiner ainsi la descendance de celui qu'ils honorent. Qui des deux est mort en premier ? La mère ou le fils ?… A-t-il senti, dans le ventre convulsé de sa mère, que tout allait finir et qu'il ne naîtrait pas ?… Elle a vu le meurtre immonde : Stateira, fille de Darius, épouse d'Alexandre, Stateira, trop lente, trop noble pour penser qu'il fallait se battre au lieu de pleurer la mort de son époux… Tout se fissure dans l'Empire. Les reines meurent dans la fange, les nouveau-nés sont étouffés. On déchire les alliances et aiguise les fers. Est-ce à cela qu'il lui sera désormais donné d'assister ?

Le dégoût en elle, je le sens. Il monte. C'est lui qui va lui donner la force de nous rejoindre, Alexandre. Elle est prête. Le monde la révulse. Elle ne le sait pas encore mais ce sera elle qui te ramènera à moi, et je te guiderai alors vers les terres lointaines que tu n'as pas foulées de ton vivant.

Les servantes frappent encore à la porte. "Dryptéis !…" La nouvelle a dû se répandre maintenant, à voix basse, dans les rangs des Perses, que Stateira était morte. Elle doit se lever, sortir… "Laissez-moi." Elle tape du poing contre ses genoux. Elle est hantée par l'image de sa sœur, le ventre encore gros, les jambes écartées et la bouche ouverte. L'enfant qu'elle portait ne naîtra pas. C'est lui qu'ils ont voulu tuer. Elle pense sans cesse à cela : la mère a condamné l'enfant. Il en sera de même pour elle. Son fils, parce qu'il est de son sang, risque la mort. Les mères dans ces temps troublés ne donnent plus la vie, elles condamnent le fruit de leurs entrailles. Elle ne parvient pas à chasser cette image de son esprit : le corps sans vie de Stateira. Elle n'a même pas eu le temps de dire à Stateira qu'elle aussi avait un enfant. Elle se tape du poing contre les genoux. Elle sait qu'il n'est plus possible de revenir en Arie. Elle sait qu'elle ne doit plus révéler l'existence de son fils à personne, ou il mourra. Elle a bien fait de le cacher. Il doit rester là-bas. Elle s'était promis de revenir lorsqu'elle aurait semé l'Empire mais c'est trop tôt, il est là, sur ses talons, il jappe et mord. Il faut attendre encore, être forte. Les coups vont pleuvoir. Ils vont tuer tous les héritiers et tant pis si le sien n'est pas le fils d'Héphaistion, il est du sang de Darius et ils le tueront par précaution. Elle repense encore à Stateira qui est morte d'être enceinte. Maudite soit Roxane. Qu'elle meure à son tour, trahie par ses amis, dans la peur et la solitude. Maudits soient les généraux d'Alexandre qui n'ont rien empêché. Ils se mangeront les uns les autres dans des batailles interminables. Pourquoi reste-t-elle, elle, Dryptéis ?… Pourquoi survit-elle à tout ?… Pour maudire les hommes les uns après les autres ? Elle a vu le monde achéménide sombrer. Elle a vu Alexandre disparaître. Faut-il vraiment qu'elle soit le témoin de ces mondes qui gémissent et saignent ? Elle repense alors à Héphaistion. Il avait dit, tandis qu'il était déjà pris de spasmes et que son état empirait, il avait dit : "Reste toujours aux côtés d'Alexandre, lui seul te protégera." Elle ne peut pas enterrer sa sœur. Elle ne peut pas se venger de Roxane ni retourner auprès de son enfant : il ne lui reste qu'Alexandre. Elle le sait et ses doigts tordent les plis de sa robe avec rage.

Reste auprès d'Alexandre, oui. Lui seul te protégera. Vous êtes unis. Tu n'aimes pas cette idée mais tu n'y peux rien. Reste auprès d'Alexandre, il a besoin de toi. Ensemble, vous quitterez le monde et le vacarme des hommes. Ensemble, vous vous soustrairez au temps.

Ils sortent de la salle du conseil. Les hommes dans les couloirs épient les visages avec inquiétude, impatients de connaître les résultats de la réunion. L'Empire a été découpé. Chacun a eu sa part mais aucun ne s'en satisfera. Tarkilias s'approche du groupe. Les visages sont durs. Il voit que Perdiccas porte à son doigt la bague royale. Est-ce Alexandre qui la lui a donnée avant de mourir ou l'a-t-il prise pour asseoir son autorité ? À qui faut-il rester fidèle ? Il regarde ce groupe d'hommes, une douzaine en tout, Antigone, Méléagre, Léonnatos, Peucestas, Séleucos, Ptolémée, Eumène, Asandros, Cassandre, Lysimaque… tous du même âge, tous partis avec Alexandre des montagnes de Pella, régnant maintenant sur le monde entier. Il les regarde, eux, le premier cercle des compagnons, ceux qui ont tout enduré, tout accompagné, ceux qui ont vécu plus vite que les autres hommes, et il sait que c'est la dernière fois qu'il les voit ensemble et que la seule chose qui les unit dorénavant, c'est leur désir de guerre.

"Dryptéis…" La voix des servantes se fait plus inquiète, plus pressante. Elles ont raison, il ne faut pas perdre de temps. Elle se lève enfin, se passe la main sur le nez et les lèvres pour essuyer ses pleurs et ouvre la porte. Les deux servantes entrent et l'entourent. Elle est droite et silencieuse. Elle demande simplement : "Est-ce que le cortège funéraire d'Alexandre est prêt ?" On lui répond que oui, avec hésitation, parce que la question semble incongrue. On aimerait plutôt la prendre dans les bras, la réconforter, lui dire que Stateira sera vengée, mais elle ne leur laisse pas le temps de cela, elle dit simplement, avec une voix de reine à nouveau, fille de Darius, épouse du plus proche compagnon d'Alexandre, elle dit : "Emmenez-moi là-bas" et c'est comme si elle montrait du doigt le palais, les tuniques en or qu'elle tient de sa mère, les tapis de Sogdiane et les voiles de Tyr, c'est comme si elle montrait du doigt les milliers d'années de règne de sa fratrie et la beauté des jardins suspendus de Babylone et qu'elle disait : "Oubliez tout cela !"

Ptolémée le regarde en lui serrant l'avant-bras en signe de fraternité et lui murmure : "Viens avec moi, Tarkilias !" Il est déjà prêt à partir avec ses hommes. Il ne restera pas à Babylone pour les cérémonies. Il quitte le palais parce que Perdiccas a mis la main sur l'organisation des obsèques et que c'est une façon d'affirmer son pouvoir. Il n'a plus une minute à perdre. Il doit, lui aussi, battre le rappel de ses hommes et prendre possession de ses terres en Égypte. Tarkilias le regarde. Il sait ce qui va advenir : la guerre prochaine, les intrigues, les tentatives de renversement, les changements d'alliance. Il faut choisir son camp et tout choix est une trahison. "Qu'en dis-tu, Tarkilias ?…" Ptolémée lui serre encore un peu le bras. Il faut choisir. Alors, il dit oui. Il part. Pour l'Égypte ou pour ailleurs, peu importe. Il laisse Alexandre dans sa couche, le teint cireux et les yeux clos. Il abandonne sa loyauté et ses rêves de grandeur. Maintenant, il n'y a plus que méfiance. Ptolémée l'étreint et cela lui fait du bien de sentir qu'il existe en ce palais, pour quelques secondes encore, un peu de fraternité. Puis ils s'en vont, quittant le palais comme des voleurs, conscients qu'ils ne reviendront peut-être jamais plus à Babylone, laissant derrière eux le corps d'Alexandre tandis que partout sur leur passage, la foule se demande à voix basse qui commandera désormais.

Dans la grande cour intérieure du palais, le char royal scintille au soleil. Il a été surmonté d'un toit. Le sarcophage en or a été mis dans un cercueil plus vaste. Un drap pourpre brodé d'or a été posé dessus. Vingt-sept pierres précieuses ont été cousues en rond autour du nom d'Alexandre comme les vingt-sept villes qu'il a fait construire. Pour mener le char, on a réquisitionné soixante-quatre mules. Elles sont toutes attelées, attendant l'ordre de se mettre en branle. La cour entière résonne du bruit de leurs sabots qui, doucement, heurtent le marbre des dalles lorsqu'elles changent de position. Une odeur de bête monte de partout. La garde rapprochée d'Alexandre est là. Les phalangistes macédoniens ont mis leurs habits d'apparat et se mêlent aux invincibles Perses, ces grands guerriers taciturnes dont les capes vert et rouge sont un ravissement pour les yeux.

Dehors, de l'autre côté des murailles du palais, devant la porte d'Ishtar, c'est un capharnaüm inouï. Le peuple entier de Babylone attend, femmes portant leurs bébés encore accrochés au téton, marchands venus de loin pour assister à ce jour, jeunes garçons essayant d'escalader la façade de quelque palais pour mieux voir. C'est une foule épaisse et dense. Tout le monde attend, trépigne. Les hommes, parfois, s'énervent et se marchent dessus. La rumeur monte. On dirait que la ville bourdonne. Ils l'entendent, à l'intérieur des murs. Cette rumeur les oppresse. Ils pressentent ce que ce sera lorsque la porte d'Ishtar s'ouvrira : l'avidité de la foule qui voudra voir et se ruera sur eux. Il faudra tenir, les repousser, faire une dernière fois un rempart de leur corps pour que les bêtes ne prennent pas peur, pour que le char du catafalque ne soit pas renversé par la foule et – qui sait ? – pillé… Les gardes se préparent à cela. La pression sourde de la foule qui voudra s'approcher. Ils se serrent les uns contre les autres comme ils le faisaient lors des grandes batailles pour ne laisser aucune lance percer les lignes. Ils savent faire cela. La rumeur de la ville semble grossir sans cesse. C'est comme si le monde entier voulait pousser les murs du palais et entrer. Peut-être vont-ils parvenir à les faire crouler et tout sera submergé. C'est alors qu'arrivent les femmes. Ce sont les pleureuses des sept Empires qu'Alexandre a exigées avant sa mort. Sept groupes de trente femmes qui vont l'accompagner jusqu'à sa tombe. Elles avancent d'un pas lent et se mettent en place. Les Macédoniennes et les Grecques ouvriront le cortège. Les Phéniciennes et les Égyptiennes prendront place de part et d'autre des mules. Les Perses et les femmes de Sogdiane marcheront au niveau du catafalque et les Indiennes fermeront la marche. Chacune comme un bataillon serré de femmes. Elles ont revêtu leur robe de deuil. Les Perses portent des voiles rouge sombre. Les Grecques ont les cheveux en bataille. C'est une armée étrange de bijoux et de soie. Elles iront jusqu'au bout. Perdiccas a ordonné que le corps soit rendu à Olympias. Le convoi va s'ébranler pour retourner en Macédoine. Il refera l'immense voyage d'Alexandre mais en sens inverse, au rythme lent du deuil, pleurant, criant. Le monde entier doit pouvoir voir passer la dépouille d'Alexandre. Elles mettront des semaines, des mois, et partout, sur leur passage, les paysannes s'agenouilleront et les hommes baisseront les yeux. Alexandre doit retourner à sa mère qui l'attend, qui hurlera à son tour, du haut des monts de Macédoine et ce cri s'entendra jusqu'aux confins du monde. Une garde spéciale a été apprêtée pour suivre la colonne. Ce sont des vétérans des conquêtes, des hommes solides, rugueux comme les pierres, qui ont le regard voilé d'avoir trop tué. Ils ne diront rien. Ils ne savent plus parler. Tout est prêt. Des musiciens de chaque pays ont été mandés pour chanter à chaque halte la gloire de celui qui est mort et le faire en toutes les langues.

Plus rien ne la retient ici, ni ailleurs. "Reste toujours auprès d'Alexandre…" Elle se souvient du regard d'Héphaistion lorsqu'il lui avait dit cela, de sa conviction fiévreuse. Il était beau alors. Elle veut être fidèle à ce regard. Il ne lui reste plus que cela. Tout a été englouti, sa sœur et le monde à venir… Elle descend de la terrasse avec lenteur. Elle a le regard décidé et la démarche sûre. Elle baisse sur son visage un voile de deuil. Les servantes, autour d'elle, se demandent ce qu'elle fait, prennent peur, essaient de la retenir, mais elle se débarrasse de leurs mains avec vigueur, d'un geste brusque. "Laissez-moi." Elles insistent, murmurent : "Dryptéis…" pour la faire revenir. Elle ne leur répond pas. Elle pense à son enfant qu'elle doit sauver en s'éloignant de lui, à la guerre qui va venir et elle murmure entre ses dents : "Ne me touchez pas !"

Viens, Dryptéis, tu as raison. Il n'y a plus que là que tu puisses aller. Ils m'ont jeté sans ménagement dans une fosse commune mais je te vois. Viens. C'est grâce à toi qu'Alexandre vivra…

Elle prend place parmi les femmes perses. Elle a baissé un voile rouge sombre sur son visage et plus rien ne la distingue des autres. Au moment où ses servantes sont sur le point de crier, de prévenir la garde, de l'obliger à revenir, la porte d'Ishtar s'ouvre et le convoi s'ébranle. Les gardes sont nerveux. Ils se serrent les uns contre les autres. La clameur de la ville s'engouffre comme un mauvais vent, si fortement qu'on n'entend plus les dizaines de fouets qui claquent sur le dos des bêtes pour les faire avancer. Le convoi sort du palais de Babylone et d'un coup, tandis que les gardes serrent leur bouclier et s'apprêtent à repousser les vagues ininterrompues de badauds, un immense silence s'abat sur la place. La foule a vu le catafalque approcher. Des milliers d'hommes et de femmes se taisent. Ils mettent tous un genou à terre. C'est un peuple entier qui s'immobilise. On n'entend plus que le cri des hirondelles dans l'air du soir. Tout est vaste et suspendu. C'est alors que les femmes entonnent leurs pleurs. Les Grecques et les Macédoniennes d'abord, puis les autres, mêlant toutes les langues et les mille façons de pleurer, hululant, ou se griffant la peau et c'est comme si la terre entière, avec toutes ses voix, se mettait à gémir.

VII

BATAILLE POUR UN CORPS

La marche sera longue. Le cortège a quitté Babylone en direction de Tyr mais il n'atteindra pas la cité avant des jours, des semaines. Il faut avancer lentement, s'imposer un rythme de procession. Les femmes, au début, ont du mal à s'y faire. Mais elles acquièrent au fil des jours une conscience plus nette de leur nombre. Petit à petit, elles se laissent conduire par le rythme intérieur du convoi. Il faut apprendre à caler son pas sur celui des autres, à intérioriser les mouvements de cette foule qui marche si lentement qu'elle semble parfois piétiner. Personne ne parle. Personne ne regarde le paysage alentour. Les mules elles-mêmes semblent hypnotisées par la route. Certaines sont atteintes d'un mal étrange : hier, il en est mort deux, à quelques heures d'intervalle. Elles se sont mises à cracher du sang puis se sont affalées dans la poussière. Il a fallu arrêter la colonne, les dételer, puis repartir. À chaque village que le cortège traverse, on réquisitionne des ânes pour être sûr de ne jamais en manquer. La route sera longue. Ce chemin qu'Alexandre fit avec fièvre, à la tête d'une horde de jeunes gens ébouriffés, le cortège le fait avec tristesse, d'un pas lourd. C'est une ville entière qui avance. Derrière le catafalque et les pleureuses, il y a une longue colonne de chariots : les cuisiniers, ceux qui s'occupent des bêtes. Chaque nuit, il faut faire un campement, et chaque matin repartir.

Le convoi progresse avec une lenteur d'insecte. Les femmes pleurent toute la journée, le regard dans le vide, comme en transe. Dryptéis se laisse bercer par leurs voix. Elle essaie de se concentrer sur l'idée qu'elle est là pour disparaître. Elle se fond dans la foule et elle sait que c'est le meilleur endroit pour se dissimuler au regard du monde. Elle n'est plus rien. Elle accepte d'être une pleureuse pour mieux semer l'Empire. La servante Némnou l'a suivie sans rien dire, en baissant elle aussi un voile sur son visage. Elle ne parle pas, elle veille sur elle simplement de loin. Plus personne maintenant ne la regarde. Plus personne ne lui propose de monter sur les charrettes à l'arrière pour ménager ses forces. Ils ont compris qu'elle voulait être là, au milieu des pleureuses, et ne rien s'épargner de la fatigue des jours.

Il faut être le premier à attaquer. Il l'a dit à Antigone et à Cratère qui ont fait une moue gênée et ont parlé de la honte qui ne manquerait pas de rejaillir sur eux : Alexandre n'est pas encore enterré, comment pourraient-ils penser déjà à se battre ?... Ptolémée a le visage fermé. Il a pris une décision. Peu importe ce qu'ils pensent, peu importe que l'on murmure qu'il est ambitieux, qu'il est prêt à tout pour s'imposer, il s'en moque. C'est la guerre et il faut frapper le premier. Perdiccas n'hésitera pas, lui. Il les regarde et le répète encore : il faut attaquer et il le fera comme Alexandre le lui a appris : avec vitesse et brutalité.

Le soleil est écrasant. Parfois, une femme s'évanouit. Les soldats de la garde funéraire la saisissent alors et la portent à l'arrière. On lui donne à boire puis elle regagne son rang. "Quelle vie étrange", pense Dryptéis. "Peut-être n'ai-je été mise au monde que pour pleurer." Pleureuse de son père d'abord, puis d'Héphaistion et d'Alexandre. Pleureuse d'un monde englouti. Qu'est-ce qui viendra ensuite ? La rivalité entre Perdiccas et Ptolémée s'est exacerbée. La guerre est inéluctable et on dit que l'Empire ne tiendra plus. Elle va voir un deuxième monde crouler. Elle continue de marcher. Elle aime ce vide qu'elle ressent. Elle aime la fatigue qui la harasse et la fait, parfois, dodeliner de la tête. Elle est une d'entre elles, rien de plus. Elle aime se fondre ainsi dans cette foule. Pour la première fois depuis sa naissance, elle n'est rien de plus qu'une parmi tant d'autres. Elle marche et c'est comme si elle disparaissait. Alexandre lui offre ce repos. Le monde ne la regarde pas. Personne ne la cherche. Elle va suivre le cortège jusqu'au bout, jusqu'à Olympias et la mer Égée, jusqu'à ce pays qu'on lui a appris à détester lorsqu'elle était enfant. Elle marche et ne se fatigue jamais. Les autres femmes la regardent avec admiration. Les hommes de la garde royale l'aiment parce qu'ils trouvent qu'il y a dans sa voix un grain de douleur qui fait vaciller le monde. Elle seule sait sur qui elle pleure. Les cailloux peuvent bien lui faire saigner les pieds, le soleil peut bien lui frapper le crâne, rien ne viendra à bout de son endurance. Elle a tant sur qui pleurer et lorsque sa voix s'éraille et qu'elle se frappe la poitrine du poing jusqu'à en avoir des bleus, puis jusqu'à ne plus rien sentir du tout, c'est sur le monde entier qu'elle pleure : sa sœur, l'enfant qui ne naîtra pas. Elle sait qu'il n'y aura plus de joie, de palais ou d'or dans sa vie mais cela ne l'attriste pas. Elle est prête à mener la dépouille d'Alexandre jusqu'au bout des mondes. Elle sait que ce n'est qu'ainsi qu'elle sèmera l'Empire. Elle se force à s'habituer à l'idée qu'elle ne reverra pas son enfant, pas avant d'être allée au bout du cortège. Elle se le répète inlassablement. "Je dois rester loin de tout." La lignée des Achéménides doit finir avec elle. À chaque pas qu'elle fait, il lui semble qu'un peu de poudre d'or tombe à ses pieds. Elle est bien dans ce dénuement et la scansion entêtante des pleurs qui l'entoure. Elle voudrait finir, comme une de ces mules, en se mettant d'un coup à cracher du sang avant de s'effondrer, la langue raidie et l'œil vide. Accompagner Alexandre jusqu'à Tyr et s'effondrer là, dans les monts qui dominent la mer, avant de quitter l'Asie Mineure. Mourir de fatigue, non pas que de la sienne mais de la fatigue dont elle hérite. Après tout, se dit-elle, ce serait la meilleure façon de sauver son fils. Mais la foule est là qui l'entoure et la porte. Une force puissante se dégage du cortège. Rien ne semble pouvoir l'arrêter. Ceux qui tombent sont remplacés. Le chariot d'Alexandre roule lentement mais il est fort, porté par des centaines de voix qui le clament, le chantent et gémissent. Le monde entier les regarde passer en pensant qu'en ces heures où les empires vacillent, il est une chose qui reste solide, aussi solide que la puissance des montagnes, c'est le chant des femmes endeuillées.

Tarkilias essuie son glaive souillé de sang. Il relève la tête, constate que le silence tombe doucement sur le champ de bataille et qu'ils ont gagné. Il pense alors : "La guerre de succession vient de commencer."

C'est lui qui a porté le premier coup. Ptolémée le lui a ordonné et il a obéi. Il a mené ses hommes à la première bataille. Ils sont tombés sur une garnison de phalangistes fidèles à Perdiccas en fin de journée et les ont taillés en pièces. Les autres ne s'attendaient pas à cette attaque et ce fut un carnage. "Je sais tuer", pense-t-il en enjambant des corps. "Je sais mourir aussi, mais aujourd'hui, c'est quelque chose de nouveau qui commence." Ses hommes, tout autour de lui, se rassemblent par petits groupes – l'air las – et s'éloignent déjà en commentant leur victoire. Séleucos ne tardera pas à apprendre que Ptolémée a engagé les hostilités et il lancera sa cavalerie dans tout le royaume. Les affrontements vont se multiplier. C'est la guerre qui vient et elle sera furieuse. Tarkilias le sait. Il devrait revenir sur ses pas, lui aussi, retourner à sa tente, se laver le visage du sang qui le souille, s'assommer de vin pour fêter la victoire ou pour l'oublier, se reposer en prévision des combats de demain – car il y en aura… – mais il ne fait rien de tout cela. Il continue à marcher au milieu des corps, laissant les autres s'éloigner du champ de bataille. Il le fait avec lenteur, enjambe les morts et contemple à ses pieds le désastre.

Comme Babylone est loin maintenant. Cela fait des mois qu'elles marchent. Le temps s'est distendu. Les silhouettes ont changé, les pleureuses ont maigri. Ces longues heures de marche sous le soleil les ont usées. Des mois à pleurer, des mois à se battre les flancs et se griffer la peau. Certaines ont dû quitter le cortège : elles n'avaient plus de voix. Elles ont été remplacées. Dans les villages ou les villes que la procession traverse, les nobles offrent des pleureuses. Dryptéis tient.

Elle a appris à se fondre dans cette foule. Elle connaît le rythme des corps serrés les uns contre les autres, l'odeur de sueur du cortège. C'est plutôt lorsqu'elle se retrouve seule qu'il lui arrive d'être prise de vertige, comme si on lui enlevait d'un coup une béquille. Elle tient, mais c'est une ombre. Lorsque la procession avance, elle se laisse ballotter par tous ces corps qui l'entourent, elle se laisse remplir par toutes ces voix, tous ces gémissements. Elle est à bout de forces et lutte pour rester debout. Et puis, il y a cette voix qui la hante, cette voix dont elle ne parle à personne "Je viens dans tes nuits d'abord, mais cela ne suffit plus", cette voix qu'elle connaît et qui, au début, la faisait se lever en sursaut. "Qui est là ?…" Il lui semble parfois qu'Alexandre se penche sur elle. Elle a peur d'être en train de devenir folle mais la voix continue à l'appeler. C'est cela autant que l'effort de ces semaines de marche qui lui cerne les yeux. Elle ne sait plus à quel monde elle appartient, celui des morts ou celui des vivants… Babylone est loin. Tout s'éloigne. Seule la Grèce s'approche, et la Macédoine derrière. Elle marche, jour après jour, réduisant sans cesse la distance qui la sépare de cette ville, elle marche malgré le harassement des jours. La voix est là qui la visite chaque nuit : "Dryptéis ?… Dryptéis ?…" La voix qui prend de plus en plus de place : "Je n'aurais jamais pensé que ce serait toi ma dernière pleureuse… Écoute-moi, Dryptéis", la voix l'obsède le jour également, lorsqu'elle dodeline de la tête au rythme des chants, les pieds dans la poussière des routes, les mains recroquevillées sur sa robe, la voix est là et la chevauche presque. Elle balance la tête de plus en plus violemment, ce n'est plus au rythme de la musique, c'est pour se débarrasser de la voix mais elle n'y parvient pas, et ne peut le dire à personne. Elle sent le sarcophage à côté d'elle, étincelant sous le soleil. Il pèse sur les mules qui s'usent à le tirer, il pèse sur la terre qu'il parcourt. "Le monde se disloque, Dryptéis… Et ils n'hésiteront pas à me déchirer." Elle sait que c'est vrai, que la voix a raison. Elle les entend, tout le monde ne parle que de cela, le soir, dans le campement, de tentes en tentes, au-dessus des assiettes de cuivre que l'on lave de la graisse animale en les frottant de sable car il n'y a pas assez de réserve d'eau, tout le monde le murmure : les généraux se déchirent. Perdiccas ne tiendra pas longtemps l'Empire. Il a levé une armée contre Ptolémée mais on dit que la loyauté de Séleucos est incertaine. Tout tremble. Les pleureuses doivent faire fi de tout cela pour se concentrer sur la douleur qu'elles doivent porter de village en village, jusqu'à Tyr, puis, au-delà de la mer, jusqu'aux bras d'Olympias, à Aigai. C'est leur mission à elles : porter la douleur à travers le monde et elles se serrent pour ne pas l'oublier, car si elles cèdent à l'inquiétude, si elles se posent des questions et lèvent les yeux sur le monde, alors elles redeviendront des femmes qui ont peur de la guerre qui gronde, qui ont mal de ces milliers de stades parcourus, et elles pleureront avec moins de force et le cortège ne sera plus cette boule dure de deuil qui traverse les pays. Si elles cèdent, Alexandre sera oublié. Dryptéis le sait, elle le dit à celles qui l'entourent, le soir : tant que le cortège parcourt le monde, Alexandre est là et il tient encore l'Empire, par son absence mais c'est une façon de le tenir. Si elles ne pleurent plus, tous penseront que le temps du deuil est révolu et alors ils se jetteront les uns sur les autres. Elle essaie de le leur dire, à ces femmes aux yeux cernés qui la regardent parfois avec inquiétude : "Nous tenons la guerre à distance" et elle voit que les femmes reprennent confiance, le cortège poursuit sa route, avec obstination, alors pourquoi est-ce que la voix la hante ainsi ? "Tout a déjà commencé et vous n'arrêterez rien." Pourquoi est-ce que la voix vient la harceler la nuit d'abord, puis le jour, comme si elle voulait saper le cortège, comme si elle voulait précipiter la fin de l'Empire en décourageant les femmes ? Elle ne comprend pas. Elle essaie de se faire sourde. Elle chante de plus en plus fort, crie, gémit, pour ne plus rien entendre, mais il est toujours un moment où la voix est là. "Le monde craque, Dryptéis." Elle sait que c'est vrai, mais elle se bouche les oreilles et tape du pied contre le sol comme pour chasser les serpents. Elle marche, elle continue de marcher et tant pis si le monde se met à brûler, elle avance, la voix éraillée, reniflant, pleurant, les yeux épuisés de tristesse, elle avance, en attendant ce jour où la voix sera plus forte que tout et où elle abdiquera.

Ptolémée regarde ses conseillers, serre les poings et lâche, entre ses dents : "Il faut plus." Dans la salle, tout le monde est étonné. "Que veux-tu, Ptolémée ?" s'inquiète Cratère. Ils viennent de gagner leur première victoire sur les armées de Perdiccas. Tarkilias est rentré vainqueur. On dit que l'ennemi a été surpris, qu'il est désorganisé. Ils doivent poursuivre, ne plus leur laisser de répit. Le moment est favorable… Ptolémée les regarde à nouveau, sans rien dire. Est-ce que vraiment ils ne savent pas ce qui vient ?… Une lutte longue et sans pitié. Est-ce que vraiment ils pensent qu'il ne s'agit que de vaincre, tailler en pièces les armées de Perdiccas, lui reprendre des villes ?… Oui, ils le feront reculer mais bientôt il se reprendra et ce sera à leur tour d'essuyer une première défaite, puis une autre, le vent tournera, ils se replieront, réattaqueront, les mois se succéderont, tout ne sera fait que de cela, le ressac de la guerre, victoires, défaites et épuisement. Leurs victoires ne serviront à rien s'ils n'ont pas Alexandre avec eux. C'est ce qu'il leur dit. Il ne peut y avoir qu'un seul héritier et pour l'heure, c'est Perdiccas parce que c'est lui qui porte la bague, parce que Roxane est restée à ses côtés, parce qu'il a conservé le trône et que c'est lui qui a organisé le cortège du catafalque. "Il nous faut le corps", dit-il. Et chacun de ses lieutenants le regarde comme s'il était devenu fou. Il répète alors sans ciller : "… Le corps."

Tarkilias se passe les mains sur le visage avec lenteur comme pour se laver de la fatigue des combats. Pourquoi se bat-il ainsi ? Il ne saurait le dire. Il a choisi Ptolémée et il lutte à ses côtés avec loyauté. Les attaques se multiplient. Au moment de charger, il pique les flancs de sa monture avec vigueur et lorsqu'il frappe, il le fait sans trembler. Mais lorsque le combat cesse et que les soldats s'en vont, il revient toujours sur ses pas. Il ne sait pas pourquoi. Il le fait chaque fois : il revient et regarde le champ de bataille. C'est toujours la même vision : de Babylone à Tyr, qu'on y ait vaincu ou fui l'ennemi, c'est toujours un silence écœurant entrecoupé de gémissements. Ce sont toujours des oiseaux lourds qu'il faut chasser du pied et qui sautillent avec paresse, revenant picorer les corps dès qu'on est passé. Ce sont toujours les mêmes visages, terreux et pâles, surpris d'être morts, ou grimaçants encore de la douleur de leur blessure. Que fait-il ici ? Il ne sait pas. Mais il revient sans cesse et marche longuement, regardant chaque corps, les retournant parfois. Il lui semble que les morts l'appellent : "Tarkilias !... Tarkilias !..." À moins qu'ils ne le maudissent…

À l'arrière du cortège, d'un coup, parmi les vendeurs, les cantiniers, les propriétaires de bétail, tout a été parcouru d'une agitation confuse. Les enfants se sont retournés, les soldats chargés de la protection du cortège aussi. Un détachement de cavalerie est apparu : une dizaine d'hommes sur des chevaux de guerre qui ont annoncé que l'armée de Perdiccas allait dépasser le cortège, qu'elle se portait au-devant de Ptolémée, jusqu'en Égypte s'il le fallait, pour l'affronter. Ils ont ordonné au cortège de se ranger sur le côté. Priorité au passage des soldats. Elle fait non de la tête, instinctivement. Rien ne doit bousculer le cortège. Il ne faut pas cesser de marcher. Les autres femmes la regardent. Elle sent qu'elle est à nouveau Dryptéis, leur reine, que toutes les autres femmes attendent d'elle un avis, alors elle refait non de la tête en laissant échapper un grognement et elle reprend sa marche. Les autres l'imitent, le cortège ne doit pas s'arrêter, c'est encore le temps des pleurs. Elle chante maintenant, avec les autres, en grec car elle veut que l'armée de Perdiccas entende, elle chante mais les charrettes de l'intendance ne suivent déjà plus. Ils se sont tous poussés sur le côté. Les cantinières, les chariots de vivres, de couvertures, de tentes, les bêtes que l'on met au repos, les familles entières qui accompagnent le cortège depuis des mois maintenant, tout le monde s'est poussé. Le sarcophage et ses deux cent dix pleureuses sont détachés du reste. Il faut continuer, c'est ce qu'elle pense. Elle serre les mâchoires. Il faut marcher encore et encore.

Les cavaliers les rattrapent. Ils lancent de grands cris pour qu'elles se poussent, s'arrêtent, fassent de la place. Elle rentre la tête dans les épaules, fait comme si elle n'avait rien entendu. Les pleureuses se serrent contre elle, et toutes ensemble, elles avancent avec obstination. Mais les cavaliers ont compris, ils dépassent le cortège et vont jusqu'aux mules. Une fois au niveau des bêtes, ils en saisissent les rênes et les forcent à se ranger sur le côté. Le cortège dévie lentement du chemin. Elle essaie de s'arc-bouter contre le flanc d'une bête pour poursuivre sa route mais elle ne peut pas, ni elle ni celles qui l'entourent. Il faut s'arrêter. Les mules entraînent le cortège sur le bas-côté. Elles finissent alors par immobiliser les bêtes elles-mêmes car elles ne veulent pas risquer de renverser le chariot d'Alexandre. Les cavaliers restent là, sans bouger, les regardant avec suspicion, comme s'ils se méfiaient d'elles et voulaient s'assurer qu'elles n'allaient pas repartir. Le monde est en feu. Elles continuent à chanter et pleurer mais cela ne s'entend plus. L'armée de Perdiccas arrive. Les hommes passent sans les regarder, comme si le catafalque n'était plus rien, qu'ils avaient même oublié qui était Alexandre, et le martèlement des sabots couvre tout.

"Ils vont se battre", c'est ce qu'elle se dit le soir même, lorsque le campement est monté et que chacun rejoint sa tente. Ici encore, l'Empire l'a rattrapée. Ici encore, les hommes vont faire irruption dans sa vie et tout saccager. Elle ne parvient pas à dormir. Les mules n'ont pas encore été dételées. Elle se glisse au milieu d'elles. Leur odeur lui fait du bien, leur silence aussi. Elle caresse les croupes, va de l'une à l'autre, les mules fidèles d'Alexandre qui avancent d'un pas lent. "Je te vois, Dryptéis… Approche, approche encore de moi…" Elle est plongée dans l'obscurité. Ils ont demandé à ce que les torches soient éteintes, c'est un ordre de Perdiccas : il ne faut donner aucune information à l'ennemi sur leurs positions. Elle pourrait pleurer de rage tant elle voudrait rallumer toutes les torches. Le cortège doit être visible. Le cortège n'a de sens que si le monde entier le voit et s'agenouille à son passage. Elle avance et la voix revient, plus forte que d'habitude. Elle n'essaie pas de la faire taire cette fois, elle la laisse doucement résonner en elle : "Ils brûleront tout et tu le sais." Elle acquiesce de toute son âme, tâtonnant dans la nuit au milieu des bêtes. Elle n'a plus peur. La voix, pour la première fois, lui confère une force nouvelle. "Écoute, Dryptéis, écoute ce que je demande…" Elle se penche en elle-même, elle avance encore, à travers les bêtes, vers le chariot d'Alexandre. Les mules la laissent passer. La silhouette sombre du sarcophage est à quelques mètres maintenant. Elle s'approche encore, jusqu'à le toucher du plat de la main, "Écoute ce que je demande", elle attend, elle est prête à tout entendre, "Je veux fuir", elle reste interdite de ce que dit la voix, fuir n'est pas un mot qu'employait Alexandre, "Ils me renvoient dans les terres où je suis né mais cela fait longtemps que je ne suis plus de ce monde, Dryptéis, et tu le sais… Qu'irais-je faire là-bas ?", elle pleure, en silence, baignant ses doigts de larmes, les répandant doucement sur le sarcophage. Alexandre est comme elle. Il cherche à disparaître et n'y parvient pas. Il veut semer l'Empire qui le rattrape toujours. Elle pense qu'elle non plus n'est plus du monde qui l'a vue naître : Darius, Baby-lone, tout cela est si loin, elle voudrait le lui dire, "Je suis comme toi, Alexandre", mais elle se tait et écoute. "Ils veulent me ramener à Aigai mais je ne suis plus cet homme-là…", alors elle accepte de parler à son tour, elle accepte l'idée qu'Alexandre est là et l'entend, qu'un dialogue est possible, elle sent encore l'odeur des mules tout autour d'elle, mais de façon plus lointaine. Elle n'est plus qu'avec la voix, "Que veux-tu, Alexandre ?" demande-t-elle. Elle ne pourrait pas dire si elle a parlé ou pas, elle ne sait pas si ses lèvres ont remué mais elle entend la réponse, une voix douce qui semble porter un rêve étrange : "Les tours de silence." Elle sent qu'elle va vaciller à ces mots, son corps va la lâcher, elle va s'évanouir, tomber dans la poussière au milieu des bêtes qui ne bougeront pas pour ne pas la blesser. Elle va tomber, elle le sait et les pleureuses la trouveront dans quelques heures, lui caresseront le front avec un chiffon mouillé, la feront boire et elle dira que ce n'est rien, qu'il faut reprendre la marche… Elle va tomber, oui, parce qu'elle est pleine de la voix d'Alexandre. Elle sent encore les mots en elle, comme s'ils vivaient en son âme, elle se les répète inlassablement, "Les tours de silence", elle murmure "Oui" pour lui dire qu'elle l'emmènera, elle le jure à voix basse tandis qu'on la relève, tandis qu'on lui donne de la viande séchée à mâcher, "Les tours de silence", elle sait qu'il a raison, et que c'est là-bas que tout doit s'achever.

Ils ont cru que le corps leur appartenait. Ils ont cru qu'ils étaient les héritiers d'Alexandre de droit mais rien n'est certain. Je suis Ptolémée, son ami de toujours, son fidèle compagnon, son frère de lait et je veux sa dépouille. Lorsque je l'aurai prise, c'est en moi qu'ils verront son successeur. Perdiccas ne me croit pas capable de cela, il se trompe. Il a envoyé ses troupes vers l'Égypte, négligeant le cortège qui a repris doucement sa route. Il l'a laissé derrière lui comme une chose sans importance. Il est aveugle. Sa force n'est pas dans la cavalerie que conduit Séleucos. Sa force n'est pas dans les trésors de Suse ou de Babylone, ni dans l'étendue de son territoire, sa force est là, dans le cortège lent des pleureuses qui entourent la dépouille et a repris sa marche avec obstination. Je le sais, moi. Je serre les poings et le répète : elle sera à moi. Alors, je l'ordonne à ceux qui m'entourent : Chargez !… Ventre à terre ! Ne laissez personne vous arrêter ! Chargez ! Et ramenez-moi Alexandre !

"Ils attaquent !" La voix retentit à l'arrière. Les femmes, immédiatement, cessent de marcher et se retournent. Pour la première fois depuis des jours, le cortège s'immobilise de son propre chef. "Ils attaquent !" Tout le monde le voit et la nouvelle est reprise de bouche en bouche. Une horde de cavaliers fond sur eux. Ils ont jailli du haut de la colline : ce sont les hommes de Ptolémée. La peur gagne les rangs. Les vieux soldats qui escortent le cortège piquent les flancs de leurs chevaux et sortent leur glaive mais leurs gestes sont lents. Ceux qui dormaient sur les chariots se lèvent, hésitent, cherchent leurs casques, essaient maladroitement de former un front pour faire obstruction aux attaquants mais ils sont gênés par les civils qui courent d'un point à l'autre, par les chiens, les chevaux de trait… La peur est partout. Ils sont trop lents. Les cavaliers de Ptolémée sont déjà là, à quelques centaines de mètres. Est-ce possible ? Ils les regardent avec incrédulité : ces hommes, là, en face, qui fondent sur eux, ils les connaissent, ils ont combattu sous les mêmes drapeaux qu'eux. Ptolémée lui-même... Chacun de ceux qui escortent le convoi aurait donné sa vie pour lui. Ils ne peuvent y croire. Ils s'organisent, bien sûr, brandissent leur glaive, hurlent des ordres mais ils ne peuvent y croire. Les pleureuses aussi hésitent. Elles ne savent si elles doivent aller au-devant des agresseurs pour les obliger à cesser leur charge... "Ils ne se laisseront arrêter par rien." Elle entend sa voix et elle sait qu'il a raison. L'Empire les a retrouvés. Il fond sur eux, en hurlant, toutes armes dehors. Elle connaît cela par cœur. Toute sa vie, elle n'a cessé d'être jetée, transportée, maltraitée de la sorte, de guerre en guerre, dans un monde qui se convulsait. Elle pensait que la mort d'Alexandre arrêterait cette fureur mais tout se poursuit. Certaines femmes montent déjà sur le sarcophage pour le protéger, "Je vous sens, mes pleureuses...", elles montent, l'entourent dans l'espoir d'en faire un sanctuaire intouchable. Dryptéis ne peut plus bouger. Un grand cri d'horreur sort de sa bouche mais tout est couvert par le vacarme de la charge. "Je t'entends, Dryptéis mais tu n'arrêteras rien", la voix lui vrille l'âme, "C'est moi qu'ils viennent chercher et vous ne les empêcherez pas", elle ne répond pas, elle n'est plus que deux grands yeux effrayés. Les cavaliers de Ptolémée avancent. Chacun regarde cet espace entre la colonne funéraire et les attaquants qui ne cesse de se réduire. Les vétérans des campagnes d'Alexandre mettent un genou à terre, plantent leur bouclier, évaluent la situation mais ils n'y croient pas, une voix au fond d'eux leur dit que Ptolémée va jaillir et rappeler ses hommes, "Il ne le fera pas", que les cavaliers, d'eux-mêmes, retiendront leur monture, "C'est moi qu'ils veulent", ils attendent, incrédules, et d'un coup c'est le choc. Les chevaux chargent, enjambent les corps, bousculent les chariots. En une seconde, ce ne sont plus que hurlements et coups de glaive sur leurs têtes. Les cavaliers enfoncent leurs lignes, frappent, ne font aucune distinction, hommes, femmes, bétail, ils font tout saigner. Les pleureuses elles-mêmes sont piétinées sous les sabots. Les chevaux ne peuvent s'arrêter dans leur course, ils traversent la colonne de part en part, renversent tout sur leur passage, puis font demi-tour et reviennent, les cavaliers frappent, déchirent, assomment. Les pleureuses, voyant que rien ne les protège, prennent part au combat, à mains nues. Elles essaient de désarçonner les cavaliers et, lorsqu'il en est un qui tombe, elles se jettent sur lui à plusieurs, le maintiennent au sol et lui écrasent le visage sous les pierres, mais cela n'endigue pas le flot des assaillants. Dryptéis n'arrive plus à bouger. Tout va si vite. Les défenseurs de la colonne sont en déroute, certains fuient, ils sont rattrapés et mis à mort dans d'horribles hurlements. Dryptéis tremble de stupeur, elle crie : "Que faites-vous ? C'est le sang des vôtres que vous faites couler…" mais seule la voix lui répond, "Ils ne t'entendent pas", "Vous êtes en train de massacrer des hommes qui se sont battus à vos côtés. – Ils ne se souviennent pas", "Ces hommes que vous achevez vous ont peut-être sauvé la vie à Gaugamélès, Sangala ou Taxila… – C'était une autre vie." Elle ne peut ni fermer les yeux ni dire ce qu'elle voudrait. Elle voit ses sœurs, les femmes qui l'accompagnent depuis des mois, tomber à ses pieds. Un phalangiste plante une lance dans le ventre de Némnou tandis qu'elle lançait des pierres sur les assaillants. "Le monde n'a aucun sens." La voix seule l'entoure, "Regarde-les, Dryptéis", elle sait qu'elle peut mourir d'une seconde à l'autre, frappée par une flèche ou décapitée par un cavalier mais elle ne se protège pas. Elle reste fixe, contemplant la sauvagerie du combat et la voix prend toute la place en elle, "C'est ma dépouille qu'ils sont venus chercher". Des dizaines de mules ont été éventrées, "Regarde, Dryptéis, c'est mon corps qu'ils veulent pour pouvoir le brandir". Elle regarde, le monde roule dans un tourment de feu et de folie, les hommes s'étripent sans fin et le sang est partout. Comment échapper à tout cela ? "Reste auprès d'Alexandre", disait Héphaistion, elle s'en souvient encore, "lui seul te protégera." Elle reste dos au sarcophage, c'est le seul point fixe dans ce monde, le seul point fixe qui ne vacille pas quand tout est en déroute. "Toi seule, tu restes fidèle, Dryptéis", les blessés gémissent et râlent, les chevaux aux jambes brisées essaient de se relever et s'épuisent, elle se sent comme eux, et lorsque le dernier coup est donné et que le silence tombe sur le champ de bataille, lorsque les casseroles renversées finissent de rouler et que les mains des agonisants se desserrent enfin, lorsque tout devient calme, tristement calme, poisseux de mort, elle lève les yeux, surprise de vivre encore, et tombe à genoux pour pleurer sur ces hommes qui ont mis à sac un cercueil.

VIII

LE DON DU NIL

"Que croyais-tu, Dryptéis ? C'est la guerre…" Elle marche, tête baissée, derrière le sarcophage. Elles ne sont plus qu'une cinquantaine. Elle a d'abord maudit ces hommes capables de s'entre-tuer pour voler un cercueil. Puis, elle a pensé à son enfant et elle s'est répété avec ferveur qu'elle avait bien fait de le cacher et qu'il fallait abandonner l'idée de le revoir. La guerre de succession ne prendra jamais fin. Les couteaux, partout, sont avides de tuer. Elle ne doit pas revenir en Arie. Elle a craché sur leur nom, Ptolémée, Perdiccas, Léonnatos, Eumène et Cassandre, tous ces hommes incapables de s'entendre, mais la voix l'a giflée, "Ce qu'ils font aujourd'hui, je l'ai fait hier"… C'est la guerre, oui, et les vestiges d'Alexandre valent cher, son trône, son sceptre, sa couronne… Eumène l'a compris, qui a ordonné qu'on ne touche à rien, et que toutes les réunions des généraux aient lieu en présence du trône vide d'Alexandre pour que son ombre valide le choix de ses successeurs. C'est la guerre, oui… Dryptéis se souvient d'Alexandre revêtant les habits de Darius après sa victoire, "Ce qu'ils font aujourd'hui, je l'ai fait hier".

À Gravas, Tarkilias remporte une nouvelle victoire sur les hommes de Perdiccas. Il a frappé encore et encore, jusqu'à en avoir mal à l'épaule. Au moins deux cents phalangistes sont morts aujourd'hui. Quelques-uns ont fui mais ils mourront de faim ou d'épuisement sur les routes de la région. Il déambule parmi les étendards brisés et les cadavres de chevaux qui sentent déjà la tripe. Le sang des autres lui colle à la peau. Il sent cette viscosité. D'un coup, il s'arrête. Il entend une clameur au loin. Ses hommes hurlent de joie. Il pense d'abord que c'est pour fêter la victoire mais cela l'étonne. Puis il perçoit mieux les voix : "Ptolémée a repris Alexandre !… Le cortège funéraire est à nous !…" Il baisse la tête. Il devrait se réjouir, crier sa joie comme les autres mais il n'éprouve rien qu'une immense lassitude. Il ne rejoint pas ses hommes. Il continue à marcher. Il se sent fatigué. Il enjambe les corps, avance avec lenteur, puis s'arrête. À quelques pas de lui, un homme, à terre, le regarde. Il s'approche et le reconnaît tout de suite : c'est Aristonos, là, à ses pieds, blessé par un glaive au flanc droit. "Aristonos ?" lâche-t-il. L'homme ne répond pas. Son silence surprend Tarkilias. Il s'attendait à ce qu'Aristonos l'appelle par son nom, le supplie, lui demande de le sauver, au nom de leur amitié passée, au nom de la Macédoine qui les a vus naître, au nom d'Alexandre dont ils furent tous deux gardes du corps. Mais le blessé ne dit rien. Il comprend alors, à son regard, qu'Aristonos est certain que Tarkilias va l'achever. S'il ne dit rien, c'est qu'il veut mourir avec dignité, sans avoir supplié. Tarkilias s'arrête. Est-ce cela qu'ils sont devenus ? Deux ennemis sur un champ de bataille ? Qu'y a-t-il entre eux qui les sépare ainsi, là, dans la plaine de Gravas, qu'y a-t-il qui n'existait pas avant ? La rivalité de Perdiccas et de Ptolémée ? Les cris de joie de ses hommes qui célèbrent le vol d'un cadavre ? Il s'approche de son ami. Aristonos ne dit rien, le regarde. Il semble à Tarkilias que c'est pour ce jour qu'il n'a pas cessé de marcher sur les champs de bataille durant les semaines passées. Lentement, il s'approche encore jusqu'à se laisser tomber à genoux et il embrasse la main de son ami.

Le cortège a repris sa marche. Les femmes se sont mises à pleurer à nouveau de leur voix fatiguée mais elles ne le font plus pour Alexandre, elles pleurent désormais sur leurs sœurs qui sont mortes dans l'attaque. Elles pleurent sur la folie des hommes et leur sauvagerie. Où vont-elles ? Nul ne le sait. La marche a repris mais elles sont prisonnières dorénavant. Les cavaliers de Ptolémée les entourent et le cortège a dévié sa route. "Nous n'irons pas à Tyr", pense-t-elle et elle est soulagée de ne pas avoir à traverser la mer. Elle n'ira pas jusqu'à Aigai. Elle essaie d'imaginer le visage d'Olympias lorsqu'un messager lui apprendra que le cortège funéraire d'Alexandre a été attaqué et que Ptolémée l'a dérouté. Elle essaie d'imaginer ce visage mais elle n'y arrive pas. Elle est loin de tout et cela ne la concerne plus. Il fait chaud, la marche est pénible, les mules ont été décimées et les pleureuses peinent dorénavant à tirer le chariot d'or. Elle repense à la servante Némnou dont le corps est resté là-bas, au milieu des cadavres de chevaux et des affaires renversées. Plus rien maintenant ne la relie à son enfant. La seule à connaître son secret est morte. C'est comme deux continents qui s'éloignent. Elle a le sentiment de s'enfoncer dans l'oubli. Elle laisse derrière elle ses craintes de mère, son désir de le revoir. Elle n'est qu'un corps qui marche avec lassitude. "C'est bien", pense-t-elle, "il vivra loin de moi, en paix." Elle se concentre sur la marche. Où allons-nous ? Tous dans le cortège se posent la question. Tout va continuer, les alliances, les trahisons, les calculs… Elle se demande si elle va désormais passer sa vie sur les routes de l'Empire, accompagnant un cortège qui sera sans cesse pris et repris, volé, saccagé, jusqu'à ce que le nom d'Alexandre ne dise plus rien à personne et qu'elle puisse enfin être en paix. On dit que Perdiccas va perdre la guerre. On dit que Ptolémée est un meilleur stratège… Toutes les alliances sont fragiles et, dès qu'il aura gagné, Ptolémée sera l'objet de la méfiance des autres, ils se ligueront contre lui et détruiront ce qu'il a construit. Le cortège va passer de mains en mains, arpentant tout l'Empire. Elle est prise de vertige à l'idée de ces tourments sans fin. Marcher est déjà si pénible… Les cavaliers de Ptolémée ne leur ont rien offert à boire ni à manger. Il n'est pas impossible qu'arrivés sur leurs terres, ils décident de les immoler toutes pour les remplacer par des pleureuses nouvelles qui porteront leurs couleurs. Elle en vient presque à le souhaiter : que tout prenne fin, mais c'est comme si quelque chose tremblait de peur dans le sarcophage lorsqu'elle pense à cela. Elle interroge alors, "Que crains-tu, Alexandre ?", et la voix lui répond avec une intonation nouvelle, "N'oublie pas ta promesse, Dryptéis", elle attend qu'il poursuive et il le fait : "J'en ai fini avec les hommes, ne me laisse pas entre leurs mains."

Lorsque Tarkilias arrive au camp de Ptolémée avec Aristonos à sa suite, une agitation fébrile passe d'une tente à l'autre. Les hommes de Tarkilias sont épuisés, couverts de poussière. Ils entendent partout autour d'eux cette nouvelle sans cesse répétée : "Alexandre arrive… Alexandre va traverser le Nil." Un instant, Tarkilias reste bouche bée. Comme si d'un coup, Alexandre était vivant et qu'il venait à eux à la tête d'une colonne de cavaliers. Puis il se reprend. C'est la dépouille bien sûr. Ptolémée apparaît. Il salue Aristonos et lui ouvre les bras pour lui signifier qu'il peut rejoindre leurs rangs, qu'il ne lui tiendra pas rigueur d'être resté avec les armées de Perdiccas. Il parle de la fraternité qui existe entre les compagnons d'Alexandre. Aristonos le remercie de sa mansuétude. Ptolémée se tourne alors vers Tarkilias et leur demande à tous les deux de l'accompagner jusqu'aux rives du Nil. "Vous étiez ses gardes du corps lorsqu'il vivait, accueillez-le avec moi sur cette terre d'Égypte." Aristonos acquiesce. Tarkilias fait "oui" de la tête mais son esprit est ailleurs. "Garde du corps…" Quel sens a tout cela ?… Il se souvient des journées et des nuits passées à veiller sur ce corps. Il se souvient des périls, des mêlées dans la bataille, du regard toujours à l'affût du danger. Il se souvient de sa fierté. Que reste-t-il de tout cela ? Aujourd'hui, ce corps, ils l'ont volé comme des pilleurs de tombes. Ils se l'arrachent avec avidité et ils le disloqueront plutôt que de le savoir aux mains des autres.

Après des jours interminables de marche, le Nil apparaît enfin. Tout est plus vaste et plus paisible. Les eaux sont lentes. Pas un bruit ne dérange l'immobilité de l'air. La tourbe jaune et épaisse des berges a des reflets de safran. Des felouques sont à quai. Le cortège tout entier doit traverser le fleuve. Elle se serre contre le catafalque. Elle ne veut pas le quitter. On monte les mules, les chariots, les pleureuses, tout le fouillis de sacs, de tentes, de matériel et puis, les embarcations lèvent l'ancre. Elle regarde la berge s'éloigner. "Je quitte la terre de mes ancêtres", pense-t-elle. Elle n'a encore jamais été aussi loin. Elle se souvient d'Héphaistion qui lui parlait de la beauté de l'Égypte : "Les hommes, là-bas", disait-il, "ont la beauté des chats, et le silence est vaste." Tout est lent autour d'elle et elle remercie les eaux d'être si épaisses car elle a besoin de lenteur. Le soleil fait scintiller l'or du sarcophage. Les femmes qui l'entourent sont comme elle, happées par le calme, et les visages sont moins creusés, moins tendus. Sur la berge opposée, ils distinguent maintenant une foule pressée contre la rive : c'est Ptolémée lui-même qui est venu accueillir la dépouille d'Alexandre. Il attend sur son cheval que les felouques atteignent le rivage. Il attend, immobile et serein, de recevoir du fleuve les signes de sa puissance. Autour de lui se pressent ses fidèles. Tarkilias est là, en tenue d'apparat, entouré de centaines d'Égyptiens, Aristonos aussi, un peu en retrait, "Ptolémée, mon ami, je vais passer dans tes mains". L'embarcation touche la rive opposée, les cordes crissent et se tordent et déjà les hommes entreprennent de descendre le chariot. Ils travaillent avec délicatesse, sans sembler souffrir du soleil. Leurs gestes sont doux. Il ne faut rien heurter, "Je vous sens", rien risquer de faire tomber à l'eau. "Ma dépouille sur le sol d'Égypte…" Ils soulèvent le chariot et, lorsqu'il est à terre, Ptolémée descend de son cheval et s'agenouille, "Ptolémée, mon frère, je te vois pour la dernière fois". Il reste longtemps ainsi, ému par ce corps qu'on lui tend. Alexandre est là, cet homme qu'il a aimé, admiré, cet homme plus grand que tous les autres… Il baisse la tête. Il s'adresse au mort en pensée et c'est pour lui dire : "Pardonne-moi, Alexandre." Il pense à l'attaque du cortège, il pense au déchirement de l'Empire, à la lutte avec Perdiccas. Il pense à Séleucos qu'il a convaincu de trahir et qui plongera bientôt son poignard dans les flancs de Perdiccas. Il pense à ces heures à venir qui ne seront plus que traîtrises et grognements. Plus rien ne sera à la hauteur d'Issos et des nuits de Babylone, "Pardonne-moi, Alexandre" et il pleure lorsque la voix lui répond : "Lorsque tu t'es battu à mes côtés, je ne sentais qu'une chose, Ptolémée, c'était ta loyauté." Ptolémée est toujours à genoux. Cela semble pouvoir durer des heures. Le soleil lui-même ne bouge plus. Les felouques s'entrechoquent à peine, la voix l'envahit, "Relève les yeux, Ptolémée". Il le fait, doucement, sans se soucier du fait que les hommes qui l'entourent vont voir qu'il pleure. Lui qui est sur le point de gagner la guerre de succession, lui qui va bâtir le tombeau d'Alexandre à Memphis et qui achèvera la construction d'Alexandrie, lui, un des rares qui parviendra à édifier une dynastie pour qu'il ne soit pas dit que les généraux d'Alexandre n'étaient que des chiens qui se sont tristement entre-dévorés, lui pleure simplement, heureux de cette voix qui lui parle, "Lève les yeux et regarde celle qui vient avec moi". Dryptéis s'avance, elle sent qu'elle peut le faire, que personne ne l'en empêchera. Elle est calme. Elle sent que tout se joue là et elle n'a pas peur. L'effacement souhaité par Alexandre est à portée de main. Elle est la seule chose, à cet instant, dans ce paysage immense, qui bouge. Elle le fait avec lenteur. Il la regarde et la reconnaît. Il pâlit comme si quelque chose venait de lui être révélé : "Dryptéis, femme d'Héphaistion, fille de Darius, héritière d'un monde que nous avons brûlé et reine d'un monde que nous espérions construire,

Dryptéis…" Ptolémée reste à genoux, comme un vassal, il regarde ses pieds à elle, saccagés par des mois de marche. Il mesure qu'elle a failli périr lorsque ses cavaliers ont attaqué. Il est comme nu face à elle, infiniment plus faible. "Cette femme, seule, est restée fidèle tandis que nous n'avons fait que nous battre", pense-t-il. Des femmes se sont consacrées tout entières à pleurer tandis que lui faisait des calculs pour diriger l'Empire. Elle le regarde, elle s'approche encore, elle doit s'acquitter de sa promesse, elle regarde Ptolémée, elle sait qu'elle pourra tout lui demander, "Au nom des combats d'autrefois, Ptolémée…", il répond avant qu'elle ait achevé : "Je dis oui." Elle parle à nouveau : "Au nom du désir sacré d'Alexandre… – Je dis oui", "Au nom de ma lignée à moi, faite de dizaines de rois, que votre hargne de jeunes gens a éclipsée… – Je dis oui." Alors elle lui demande – et sa voix porte une assurance de pierre –, elle lui demande de lui laisser le corps d'Alexandre – "Je dis oui" –, de garder le sarcophage en or, les bijoux, les mules, tous les attributs de l'Empire, de construire le tombeau en Basse-Égypte comme il avait l'intention de le faire et de veiller dessus avec une armée de prêtres guerriers, mais de lui rendre son corps en secret – "Je dis oui". Le tombeau sera vide à tout jamais mais personne ne le saura – "Au nom de…", il ne la laisse pas terminer, il lui dit oui, à condition que personne ne le sache jamais. Il sait, comme elle, que c'est ce qu'aurait voulu son ami : échapper au marbre lourd de l'Histoire et continuer sa course. Elle voit passer une lueur de violence dans ses yeux, mais il dit oui et elle s'agenouille alors à son tour. Les hommes autour ne disent rien, ils n'ont rien saisi de l'échange, ils n'ont pas entendu les mots prononcés, la plupart n'ont pas reconnu cette femme, mais tous restent calmes, respectueux de la lenteur du temps. Elle sait qu'elle ne restera que quelques heures sur cette rive du fleuve, qu'elle va bientôt retraverser. Elle sait qu'autre chose commence pour elle mais elle veut encore profiter de ces instants : ils sont trois, ensemble, unis par le consentement de Ptolémée. Ils sont trois, à nouveau, comme si l'Empire n'avait pas craqué. Les dieux les embrassent du regard. Rien ne peut les toucher. Ils sont trois et le Nil les protège du brouhaha du monde, coule sur leurs plaies et leur offre ses heures chaudes et sa force.

IX

LA TOUR DE SILENCE

Elle a pris l'habitude de marcher. Elle pourrait rester à l'avant de la charrette mais elle ne le fait pas. Elle descend régulièrement, pose la main sur la croupe d'une des bêtes et marche. Il faut tout reparcourir en sens inverse. Elle a insisté pour garder deux mules de Babylone. Ptolémée voulait lui donner des bœufs aux pattes larges, infatigables sous l'effort, mais elle a dit non, elle voulait les mules. Elle se sent plus libre maintenant, comme si en laissant derrière eux le sarcophage, ils avaient abandonné un poids qui les entravait. Il reste l'homme qui est à ses côtés et lui a été imposé. Il tire les rênes, ne dit jamais un mot, regarde devant lui, sans marquer jamais aucune émotion, aucun sentiment. À l'arrière, ils ont mis un fond de paille et un cercueil en bois. Le corps est là, sans apprêt. L'or est resté en Égypte avec les sarcophages, les bijoux, les sceptres et les inscriptions sacrées. Peut-être Ptolémée a-t-il immolé un esclave de la même corpulence qu'Alexandre pour le glisser dans le catafalque. Il gît là-bas, portant le diadème et la tunique mortuaire du Macédonien, et jamais esclave n'a été si richement enterré.

Sur le chemin de Memphis, Ptolémée est agité. Il a pris la tête du cortège mais ne cesse de se retourner. Cela fait deux jours qu'ils ont quitté les rives du Nil. Ils arriveront bientôt à Memphis et les cérémonies funéraires pourront commencer mais il est nerveux, se tord sans cesse sur son cheval, regarde dans son dos. Est-il certain que Dryptéis ne dira rien ?… Que l'homme qui l'accompagne et qui conduit la charrette se taira lui aussi ?… Si le secret devait se savoir, il perdrait son pouvoir. Il a entre les mains les tuniques d'or, les sceptres, les bijoux avec lesquels on a enterré Alexandre, mais seule la dépouille compte. C'est elle que les siècles à venir voudront vénérer. C'est elle qui désigne l'héritier. Rien n'est aussi sacré, ni les couronnes, ni les armes, ni les linceuls. Il se mord les lèvres et finit par faire appeler Tarkilias. "Prends Aristonos avec toi…" Tarkilias le regarde. Il attend. Ptolémée poursuit alors d'une voix basse : "Je ne suis pas sûr de l'homme qui conduit la charrette…"

La charrette de Dryptéis avance. Elle a enlevé le drap de lin blanc qui enveloppait le corps. Rien, il ne doit rien y avoir pour que personne ne puisse se douter. Le corps, à même le cercueil, va pourrir plus vite mais cela n'a pas d'importance. La voix le lui dit. "Je sens la chaleur du soleil, c'est bien, j'étouffais dans ma gangue d'or." Ils avancent lentement. L'odeur du cadavre sera de plus en plus forte au fur et à mesure que passeront les jours et les semaines, ça ne la gêne pas, ni l'homme qui conduit la charrette dont on dirait qu'il ne sent rien. "Sais-tu pourquoi il est là ?" Oui, elle le sait mais elle ne répond pas. "Sais-tu pourquoi Ptolémée a exigé qu'il t'accompagne ?" Elle le sait depuis la première heure. Elle a vu la violence qui a jailli dans le regard du général macédonien : il a dit oui, mais il a exigé que l'homme l'accompagne jusqu'au bout. "Il te tuera." Elle le sait. "Il est là pour s'assurer que tu meures et que le secret de mon corps dérobé à son tombeau ne soit jamais éventé." Elle accepte. Il est impossible d'échapper à l'Empire. Elle a essayé mais il la rattrape toujours. Cela ne peut s'achever que dans la mort. Elle sait qu'il en sera ainsi, cela n'a pas d'importance. Il lui semble juste qu'elle disparaisse avec Alexandre. Elle le lui dit en réponse : "Nous échapperons à l'Histoire ensemble." Elle n'en éprouve aucune crainte. Elle n'y pense même pas. Pour l'heure, elle est toute au bonheur de reparcourir les terres du royaume achéménide.

Tarkilias est en train de seller son cheval. Il a préparé ses affaires en toute hâte. Aristonos est déjà sur sa monture. Sa blessure ne le fait presque plus souffrir. Ils doivent faire au plus vite. Le temps presse. Soudain, un petit groupe s'approche. "Tarkilias…" Il se retourne. Il y a là trois hommes : Af Ashra, le jeune chanteur des montagnes de l'Hindu Kush, Nactaba le Nubien et Moxyartès, noble de Sogdiane. Tarkilias croit tout d'abord qu'ils sont venus le saluer mais il voit à leur regard qu'il ne s'agit pas que de cela. "Nous voulons t'accompagner", dit Af Ashra d'une voix ferme. Tarkilias les regarde un à un. L'accompagner ? Que savent-ils de la mission que lui a confiée Ptolémée ? Le silence s'installe. Les trois hommes ne disent plus rien. "Savez-vous où je vais ?" demande Tarkilias. "Non", répond Nactaba sans rien ajouter. C'est alors qu'il comprend. Ils veulent l'accompagner pour quitter l'Égypte et ce campement. Ils veulent l'accompagner pour être à nouveau en selle et s'extraire de la guerre contre Perdiccas. Tarkilias regarde Af Ashra. Il revoit Alexandre dansant sur la terrasse de Babylone, il revoit Af Ashra frappant les tablas et chanter. Ces hommes-là veulent autre chose. Ils sont comme lui. Ils erreront bientôt dans les champs de bataille à la recherche de ce qu'ils ne savent pas nommer s'ils ne partent pas tout de suite. Ils veulent juste prendre leurs chevaux et quitter l'Égypte. "Venez", dit alors Tarkilias et, à cet instant, il sait que quelque chose débute qui lui est inconnu. Ils partent tous les cinq au galop et ils sentent qu'ils ne reviendront pas sur leurs pas. L'Égypte disparaît pour toujours. Ils s'éloignent de Ptolémée, ils s'éloignent de l'obéissance du soldat et de la dureté de la guerre et cela leur fait du bien.

"Allons-nous vers l'est à nouveau ?" La voix l'accompagne toujours. "Oui, Alexandre, bientôt, nous longerons les monts Zagros et nous irons jusqu'à Suse au rythme lent des mules. – Je veux revoir les perroquets d'Iran. – Et tu les reverras. – Il n'y a pas de tristesse si je peux disparaître, mais toi, Dryptéis…" Elle ne répond pas. "Dryptéis ?… Est-ce ainsi que tout va s'achever ?…" Elle ne dit rien. Elle pense à leur vie à tous les deux, à leurs deux civilisations qui se sont entrechoquées. Elle pense au rêve de Suse lorsqu'ils se sont épousés les uns les autres… La voix ne parle plus. "Alexandre ?…" Le ciel est vaste, les paysans n'arrêtent plus leur ouvrage à leur passage comme ils le faisaient à l'aller. On ne voit, dans les champs qu'ils traversent, que des dos cassés sous le soleil. Parfois, un enfant les montre du doigt à sa mère mais ce n'est plus pour accourir devant le cortège sacré, c'est simplement pour se boucher le nez. Des oiseaux les suivent. L'homme essaie de les chasser à coups de pierre, il vise bien et en tue parfois, "C'est ainsi qu'il te tuera. – Je sais. – Tu m'emmènes au bout des mondes, Dryptéis. – Non, Alexandre, c'est toi qui me conduis."

Partout où les cavaliers passent, ils cherchent la trace de Dryptéis, de village en village, avec fièvre. Partout où ils s'arrêtent, ils s'enquièrent de son passage. Le temps presse. Aristonos est inquiet. Il demande à Tarkilias à propos du conducteur de la charrette : "Crois-tu qu'il la tuera ?… – Oui", répond Tarkilias. "Ptolémée le lui a ordonné."

Lorsqu'elle monte à l'avant de la charrette, c'est l'homme qui en descend, comme s'il avait honte de ce qu'il allait faire, comme s'il craignait de rester à ses côtés. Elle ne parle pas, elle n'en a pas envie. Parfois elle donne des ordres, il s'exécute, mais sans jamais rien dire. "Sais-tu pourquoi il ne te parle pas ?" Elle ne répond pas, il lui a toujours semblé que ce silence était normal mais maintenant qu'elle y réfléchit, cela l'intrigue. "Il lui a fait trancher la langue." Elle regarde sa bouche et son air taiseux et elle sait que c'est vrai, "Ptolémée lui a fait couper la langue pour qu'il ne parle jamais de ce qu'il verra. Il ne se contentera pas de cela… – De qui parles-tu, Alexandre ? – De Ptolémée…" L'idée que l'homme vive, qu'il puisse raconter ce qu'il a vu en le mimant, en le dessinant, va obséder Ptolémée, cela ne le laissera plus dormir. "Que va-t-il faire ? – Il a envoyé à notre suite un groupe de cavaliers chargés de le tuer lorsque tu seras morte." Elle se retourne mais ne voit rien que l'immensité du paysage : "Tu ne les verras pas, ils avancent lentement. Ils attendent ta mort et c'est seulement une fois qu'il t'aura assassinée qu'ils l'attraperont et l'achèveront." Dryptéis grimace. "Il ne restera rien alors… – J'aurais fait comme lui." Elle sent qu'Alexandre sourit, qu'il n'éprouve aucune peur, aucune douleur, "Tu souris ? – Oui, Dryptéis, je souris parce que, grâce à toi, je vais être introuvable pour l'éternité."

"Dryptéis ne doit pas mourir." C'est Tarkilias qui a parlé et ses quatre compagnons ont hoché la tête en signe d'approbation. Ils partagent cette certitude. Tant pis pour Ptolémée et ses ordres. Cette femme doit vivre. Ils savent que le temps leur est compté. Ils doivent arriver avant et empêcher ce meurtre. Quelque chose de l'état du monde sera sauvé si Dryptéis échappe à son assassin. Ils ne cessent de repenser à sa dignité lorsqu'elle s'est avancée vers Ptolémée, sur les bords du Nil, droite, fragile, chargée de lumière. Quelque chose doit être sauvé de la laideur de ce monde et c'est elle, Dryptéis. Ils ne dorment plus, essaient d'aller toujours plus vite. Ils enragent lorsqu'ils perdent sa trace, reviennent sur leurs pas, s'énervent. Ils la cherchent avec fièvre. Il faut que Dryptéis soit sauvée pour qu'une chose au moins échappe au chaos.

"Écoute-moi, Alexandre, Suse est dans notre dos et le jour touche à sa fin." Elle a arrêté la charrette. "Je m'en remets à toi, Dryptéis." Elle regarde devant elle, la lumière est douce, il a fait chaud aujourd'hui

et les hirondelles volent bas pour profiter de la fraîcheur du soir. "Écoute-moi, Alexandre, la tour est là,
devant moi… Es-tu prêt ? – Oui. – Je t'emmène au
néant." Une tour s'élève à cinq cents mètres devant
elle, elle est basse, large et monte en spirale. C'est une
tour de silence. Des oiseaux lourds tournent dans le
ciel. Elle descend de la charrette. Tout est paisible.
L'homme l'aide à enlever le couvercle du cercueil. Il
n'a pas l'air heurté par l'état du cadavre. Cela fait des
semaines qu'ils vivent avec cette odeur. Elle tend un
drap au sol et, lorsqu'il extrait la dépouille de la charrette, elle lui fait signe de la déposer dans le drap. Il
le fait avec une délicatesse dont elle ne le croyait pas
capable. Elle ne peut pas s'empêcher de regarder ses
mains, ses grosses phalanges rouges, épaisses, ses ongles
noirs, ces mains qui vont la tuer en l'étouffant, et alors
lui revient en mémoire le visage bouffi de Stateira,
sa sœur assassinée, les marques violacées qu'elle portait au cou dans cette cave humide où on l'a laissée,
et elle pense qu'elle ne veut pas, pas comme ça, mais
elle ne dit rien, elle ordonne à l'homme de mettre
le cadavre recouvert de son drap sur le dos d'une
mule et ils avancent lentement vers la tour de silence.
"Sommes-nous loin, Dryptéis ? – Non, quelques pas
à peine." Elle veut faire les derniers mètres à pied. Le
chemin qui monte jusqu'au sommet en s'enroulant
autour de la tour est large et elle peut marcher à côté
de la mule. À mi-chemin, elle s'arrête. Elle se retourne
vers l'homme qui suit la bête et lui ordonne de rester là. Il la regarde longuement, évaluant sûrement la
possibilité qu'elle aurait de lui échapper mais il juge
que cela est impossible : le paysage est vaste et il n'y a
nulle part où se cacher, alors il accepte l'ordre qu'elle
lui a donné et recule de quelques pas. Elle regarde au

loin : à l'ouest, elle distingue un groupe de trois cavaliers qui approche. D'où il est, le conducteur ne peut pas les voir. Elle sourit. "Tu avais raison, Alexandre, Ptolémée a eu peur et mon bourreau sera assassiné."

Ce sont eux. Ils piquent leurs chevaux. Il est encore temps de la sauver. Ils voudraient y être déjà. Tarkilias galope en tête, fondant sur la tour, le glaive à la main. Il a peur. Il sent qu'il va arriver trop tard. Il cravache les flancs de sa monture. Plus vite. Plus vite… Il voudrait supplier le temps pour qu'il se suspende et les laisse rejoindre Dryptéis…

Elle regarde les cavaliers s'approcher au loin. Elle ne pense pas à prévenir son gardien, à essayer de le convaincre de l'épargner, elle sait que cela est vain. Tout doit être accompli. Elle caresse la mule et poursuit son ascension, "Nous montons, Alexandre. – Je le sens. – Je vois de mieux en mieux la grande plaine de Suse. – Est-ce que la lumière est mordorée ? – Oui. – Y a-t-il autour de nous des perroquets sauvages ? – Non, Alexandre, lorsque nous avançons, nous faisons sursauter des oiseaux charognards qui s'envolent avec lenteur. Comme ils sont gros, Alexandre, des bêtes immenses… – Ce sont les rois du temps." Une fois parvenue au sommet, elle décharge la mule. L'homme, en contrebas, la contemple. Il doit se demander quand est-ce qu'il devra monter pour l'étrangler et si elle se débattra… "Il ne m'atteindra pas. – Nous sommes deux, Dryptéis, le reste ne compte plus." Elle se souvient encore un temps d'Héphaistion qui lui avait dit : "Reste auprès d'Alexandre, lui seul te protégera."

"Héphaistion", elle prononce son nom et il l'entend. Il la remercie pour cela, que le nom sacré de son frère soit prononcé à l'instant de sa disparition, alors elle prend le corps sur son épaule : "Comme tu es léger, Alexandre" et elle avance encore. La tour est creuse en son centre. Elle est au bord du trou et regarde le fond. "Seuls les morts ont le droit de regarder dans les tours de silence. – Je le sais, Alexandre." L'ombre de sa tête a fait peur aux oiseaux. Ils se sont sentis enfermés et ont pris leur envol, se gênant les uns les autres, se chevauchant les ailes. Elle fait un pas en arrière pour les laisser sortir, un vol de plusieurs vautours qui s'échappent de la tour. L'homme, en bas, a dû le voir. "Le temps est à nous, Dryptéis." Elle voudrait parler, mais elle ne sait pas par où commencer. Elle le tient toujours dans ses bras, elle s'approche encore un peu plus, "Ô Alexandre, ce qu'il m'aura été donné de voir à tes côtés". L'air est doux, une caresse du monde qui lui rappelle les soirs heureux sur les terrasses de Babylone. "Écoute", dit-elle, elle veut lui raconter ce qu'elle n'a jamais dit à personne, "Écoute, Alexandre", et elle lui parle de son enfant, elle dit ce qu'elle n'a pas eu le temps de dire à Stateira parce qu'elle est morte trop tôt. Elle raconte qu'en Arie, elle a donné vie à un fils. Elle l'appelle l'enfant du vent. Elle l'a fait avec un homme qu'elle serait incapable de reconnaître aujourd'hui, "Mais cela n'a pas d'importance", un berger qui l'a prise avec rudesse. Il l'a enfantée et c'est ce qu'elle voulait de lui. Elle a caché l'enfant là-bas, un garçon au visage fin, en l'offrant à une mère du village. Elle murmure tout cela dans le vent chaud qui l'entoure parce qu'elle veut le dire au moins une fois. Elle veut qu'il sache qu'une chose est née d'elle qui échappera au massacre de l'Histoire, une chose à laquelle elle s'est interdit de s'attacher pour pouvoir le dissimuler au monde. Son fils vit. Il n'est pas l'enfant d'Héphaistion, elle le dit et le répète. Elle n'a plus peur de sa colère. "Entends-tu, Alexandre ? – Oui, je t'entends, Dryptéis." Ce ne sera jamais son descendant, jamais le fils d'une lignée de rois et cela le sauvera. Il vit là-bas, au milieu des chèvres et des amandiers. Il ne sait pas qui il est, il n'aspirera à rien. Elle a sauvé cela au moins, un fils qui ne soulèvera aucune armée et ne sera frappé d'aucun sort, un fils, sorti de son corps, à qui elle n'a pas donné de nom mais qui vit, ignorant du monde et libre. Elle peut enterrer l'Empire perse, son père, Héphaistion et Alexandre, elle peut gémir sur sa propre vie, elle a volé un fils au destin. "Souvent, je ferme les yeux pour mieux l'imaginer." Elle le voit, lorsqu'il aura grandi, sauvage, dans les pentes des montagnes d'Arie, poussant des cris de joie les jours où le vent se lève, défiant les aigles, s'emplissant de la fraîcheur de l'air : "Tu entends, Alexandre, un enfant est au monde, né de moi, que personne, jamais, ne connaîtra et qui survivra à tout." Il entend et il voudrait passer la main dans ses cheveux pour lui dire qu'elle a eu raison. "C'est pour cela que tu as pris part au cortège ? – Oui", répond-elle. "Pour l'éloigner de moi et semer la mort qui voulait l'engloutir. – Je l'embrasse avec toi, Dryptéis, le fils qui vivra." La voix résonne avec calme. Dryptéis ferme les yeux. Elle sait qu'elle a bien fait. Alexandre lui-même le bénit. C'est la part de vie volée à l'Histoire, anonyme et vivante. Elle regarde le ciel tout autour d'elle puis elle demande : "Es-tu prêt ? – Oui." Elle s'avance encore un peu vers le bord, elle a dit ce qu'elle avait à dire, il n'y a plus rien d'autre à faire que rendre Alexandre au néant. Alors elle écarte doucement les bras, Adieu

Alexandre, et laisse s'échapper la dépouille, "Je tombe",
il lui semble que la chute est longue, "Je tombe avec
ivresse parce que j'échappe au tombeau", puis enfin, un
choc sourd se fait entendre, signe que le corps a heurté
le sol au milieu de cette accumulation de cadavres et
d'ossements. Elle se penche et regarde : le corps est là-
bas, au fond, "Anonyme comme un vrai roi", elle le
discerne bien car il est plus blanc que les autres, des
centaines de corps enlacés, indistincts, tous oubliés,
tous nourrissant les oiseaux aux becs tranchants et
aux pattes épaisses qui tirent des lambeaux de chair
avec lenteur et vont les manger sur des rochers frap-
pés de soleil, "Je m'évanouis dans le monde. – Oui,
Alexandre", "Les oiseaux me disperseront de colline
en colline, dans l'air chaud du soir. – Oui, Alexandre,
ton royaume sera sans nom", "Les hommes continue-
ront à se battre… Ô comme ils sont loin… – Mais
toi, tu es désormais éternel."

Ils sont arrivés en bas de la tour. Le gardien les voit
surgir avec stupeur. Il hésite un temps : doit-il monter
quatre à quatre pour rejoindre Dryptéis et la tuer ou
rester là où il est pour empêcher les cavaliers de passer ?… Il se souvient des ordres de Ptolémée : veiller
d'abord à ce que personne ne s'empare du corps. Il
sort un poignard. Tarkilias lance sur lui son cheval avec
violence. D'un geste puissant, il lui plante le glaive en
plein ventre. L'homme reste un temps campé sur ses
deux pieds, l'air étonné, puis vacille. Tarkilias ne s'arrête pas. Il saute de sa monture et monte au plus vite
les marches, les yeux fixés là-haut sur la silhouette de
Dryptéis. Il court, suivi par les autres, et l'escalier de
la tour de silence semble interminable.

Elle contemple la grande plaine de Suse, le vol des oiseaux au loin, elle repense à sa sœur, à sa lignée sacrée de bijoux et de gloire, elle repense au beau visage d'Héphaistion qu'elle n'a pas eu le temps d'aimer. Elle prend tout son temps. Elle pense encore à son enfant inconnu qui va grandir et qu'elle ne reverra pas puis elle sort un couteau de sous sa robe et pose la lame sur sa gorge, "Tout est bien maintenant", la course d'Alexandre s'achève, elle ne vivra pas au-delà, elle va se trancher la gorge d'un geste sec, "Que le monde se convulse", elle tombera à son tour, sans entendre les cris de Tarkilias qui monte quatre à quatre les marches de la tour pour tenter de la rattraper, "Dryptéis !… Dryptéis !…" Elle est loin, ne se retourne pas, avance le couteau vers sa gorge, un geste sec suffira, son corps va basculer et elle volera elle aussi, portée par l'air chaud du soir, comme ces oiseaux qui glissent sur le destin des hommes avec souveraineté.

X

LES CAVALIERS DU GANDHARA

Vivante. Elle est encore vivante. Elle touche sa gorge du bout des doigts. Un peu de sang lui coule le long du cou. Le couteau est à terre. Elle regarde Tarkilias, haletant, qui lui serre le poignet. Cela lui fait mal mais elle ne dit rien. Elle regarde autour d'elle : le vent chaud, l'immensité du paysage. Elle est là, encore. Les hommes ne parlent plus. Ils reprennent leur souffle. Elle n'a pas basculé dans le vide. Elle ne s'est pas soustraite au temps. Elle est en haut de la tour de silence et l'instant de la mort est passé. Elle en voudrait presque à ces hommes qui l'entourent, mais tout est si puissamment calme autour d'elle qu'elle se sent bien. Elle respire, regarde à nouveau le sang qui macule ses doigts. Elle sent qu'un poids vient de disparaître. Elle est légère pour la première fois de sa vie, débarrassée du monde et de sa pesanteur, comme si, en jetant le corps d'Alexandre au fond de la tour de silence, elle avait jeté l'Empire tout entier et ses souffrances, l'assassinat de sa sœur et la défaite. Elle repense aux matins dans le temple d'Arie, lorsque les prêtres jetaient une poignée de safran dans le vent, et elle se sent bien.

Af Ashra se met à chanter. Sa voix monte, mélodieuse et étrange. Il ne chante pas pour pleurer Alexandre, il semble plutôt qu'il l'appelle. Les hommes se regroupent autour de lui. Nactaba et Aristonos s'assoient. Tarkilias desserre son emprise sur le poignet de Dryptéis. La voix monte doucement dans l'air chaud. D'abord, elle ne comprend pas ce qu'il fait. Tout est achevé. Que veulent-ils encore ? Af Ashra fouille maintenant dans son sac et en sort précautionneusement l'urne de Dhana Nanda. Il la pose devant lui tout en continuant à chanter. C'est alors qu'elle comprend : il veut recueillir le souffle d'Alexandre. Il chante pour que l'esprit du conquérant monte de la tour de silence et vienne jusqu'à eux.

Lorsque Af Ashra se tait, lorsqu'il referme l'urne avec des gestes solennels et précautionneux, c'est elle qui parle la première. Elle les regarde tous les cinq assis autour d'elle et leur dit. "Vous l'emmènerez là-bas…" Tarkilias lève les yeux comme s'il ne comprenait pas. Alors elle ajoute : "… Jusqu'à l'Hyphase." Ils hochent la tête. Oui. Elle a raison. Cela leur semble évident. C'est là qu'ils doivent aller : aux confins du monde. Elle a raison. C'est pour cela – sans le savoir – qu'ils sont partis d'Égypte. L'esprit d'Alexandre ne trouvera la paix que s'il peut contempler une dernière fois l'immensité des mondes inconnus. "Vous êtes la dernière escorte", ajoute-t-elle enfin, "les cavaliers du dernier souffle. C'est à vous qu'il incombe de l'accompagner jusqu'à l'immensité qu'il aimait tant." Ils pourraient lui baiser les mains pour ces paroles. Elle vient de donner un sens à leur chevauchée.

Tarkilias se lève. Il s'approche de Dryptéis et lui tend les rênes de son cheval. "Tu es des nôtres", dit-il. Elle le regarde avec étonnement. Elle ne répond pas. Elle envisage, un temps, la possibilité de les suivre. "Pour aller où ?" pense-t-elle. Jusqu'à l'Hyphase ?… Pourquoi ferait-elle cela ? Elle a voulu mourir, là, sur cette tour. Elle était prête. Elle avait accepté l'idée d'accompagner Alexandre jusqu'au bout parce qu'elle n'était plus rien, parce qu'elle s'était effacée dans la marche, mais elle a jeté la dépouille et toute cette histoire n'est plus la sienne. Elle ne pense plus qu'à son fils. Elle veut le voir là-bas, dans les montagnes d'Arie, une dernière fois. C'est la seule chose qui l'anime. Elle ne fera rien d'autre. "Je vous suivrai jusqu'à Khanu de Carmanie…" répond-elle finalement. "… Puis, nous nous séparerons."

Il faudra être forte. Elle ne cesse de penser à cela tandis qu'ils quittent la tour de silence et prennent la route de l'Est. Il faudra se faire violence. Cela sera dur, terrifiant, il ne faudra pas parler, ne rien dire qui puisse désigner cet enfant comme son fils, ne rien trahir au reste du monde. Elle sait bien qu'elle ferait mieux de le laisser là où il est et de les suivre mais elle ne peut pas. C'est brûlant en elle. Elle sait qu'elle va devoir lutter contre ses propres bras qui voudront étreindre son enfant, contre sa propre bouche qui voudra l'embrasser, contre sa langue qui voudra tout dire. Il faudra se dominer et elle ne sait pas si elle sera suffisamment forte pour cela. Le regarder, et partir : quelle mère pourrait faire cela ?

Elle cherche, au rythme lent de la chevauchée, ce qui lui permettrait de voir son fils sans lui dire qui

153

elle est ni tenter de l'emmener avec elle. Les hommes, autour d'elle, parlent peu. C'est comme s'ils voulaient lui offrir ce silence pour qu'elle trouve au plus vite. Nactaba se penche souvent à terre pour ramasser des pousses de plantes, des racines, des feuilles. Il les enfouit dans une sorte de besace qu'il porte en bandoulière. On dit de lui qu'il parle aux esprits, qu'il sait guérir ou tuer grâce au pouvoir des plantes. Elle regarde ce petit groupe d'hommes où Macédoniens, Nubiens, Perses sont mélangés et elle pense à Alexandre. De son vivant, il n'a probablement jamais imaginé que ce seraient eux, sa dernière garde.

C'est en arrivant à Khanu de Carmanie qu'elle comprend ce qu'elle doit faire. Pour qu'elle ne soit pas tentée de l'arracher à son village, ni de rester en Arie des semaines entières, il faut que le temps lui soit compté.

Dans les faubourgs de la ville, Tarkilias demande à un passant où il peut trouver un maréchal-ferrant. Il veut acheter deux chevaux : un pour Dryptéis et un pour l'esprit d'Alexandre. Elle profite de ce temps pour s'approcher de Nactaba. Elle sait ce qu'il lui faut maintenant, et elle sait que Nactaba peut le lui fournir. Les rues de Khanu sont agitées. Le marché, à cette heure, grouille de monde et les sacs d'épices se succèdent dans les rues à l'infini. Elle avance vers le Nubien, le regarde en face avec calme et là, au milieu des marchands, dans ce brouhaha permanent, tandis qu'ils sont bousculés par des passants et du bétail, elle lui demande de l'empoisonner. Il la regarde avec surprise. Elle lui explique qu'elle doit pouvoir mourir lentement, qu'elle a besoin de plusieurs jours, de plusieurs semaines même, mais qu'elle doit être sûre que le temps lui est compté pour être dans l'urgence d'une vie qui s'achève, sans quoi elle flanchera et l'Histoire, alors, les mangera, elle et son fils, comme elle a mangé Darius, Héphaistion et tous les hommes de sa lignée. Nactaba écoute et fait non de la tête. Il ne peut pas. C'est contre nature. Elle reprend la parole alors, insiste d'une voix décidée. Tarkilias et Aristonos reviennent et elle continue à parler pour montrer qu'elle ne cachera rien, qu'elle a décidé de son destin et qu'aucun d'entre eux ne pourra la faire changer d'avis. "C'est la seule chose que je demande", dit-elle. Tarkilias dit non à son tour. C'est impossible. Il se souvient de ce qu'il disait à ses hommes tandis qu'ils quittaient l'Égypte : "Dryptéis doit vivre ou tout est à brûler." Elle n'abandonne pas. Elle répète encore qu'elle ne demande que cela, que s'ils ne lui accordent pas le poison, elle s'ouvrira les veines ou trouvera une autre façon de mourir. Ils ne peuvent pas l'en empêcher. Nactaba reste silencieux, tête basse. Tarkilias la regarde. Il sait qu'elle fera ce qu'elle dit. Il lui demande alors : "Es-tu sûre, Dryptéis ?" Elle répond : "Oui, certaine." Alors il ordonne à Nactaba de lui donner ce qu'elle demande. Le Nubien la regarde longuement puis, avec des gestes lents, réticents, sort de son sac une petite fiole contenant un jus noir de racine et la lui tend. "Bois-le." Elle hésite. Elle est sur le point de réexpliquer qu'elle ne veut pas mourir maintenant, mais il poursuit : "Les feuilles d'arbres à soie sont des antidotes. Tant que tu pourras en mâcher, il ne t'arrivera rien. Fais-en réserve. Ou installe-toi dans cette région où il en pousse partout. Si tu n'en prends pas pendant deux jours, tu commenceras à mourir." Elle sourit. C'est ce qu'elle voulait. Elle ouvre la fiole et boit tout d'une traite, sans hésiter. Que le temps lui soit compté. C'est bien. À partir de maintenant, tout doit aller vite. Elle va dire adieu aux hommes qui l'entourent, prendre le cheval qu'ils lui offrent. Elle va les quitter et elle suivra son chemin, seule et impatiente.

Le petit groupe d'hommes la laisse partir sans trouver de mots pour accompagner les adieux. Elle les quitte comme une reine qui prend congé du monde et emmène avec elle le vent et les couleurs du ciel. Mais elle leur a donné un nom : les cavaliers du dernier souffle. Alors, aussitôt qu'elle disparaît, ils piquent les flancs de leurs bêtes avec une soif nouvelle pour aller droit vers l'est, au galop. Ils ont hâte de se trouver aux confins du royaume, hâte de s'acquitter de leur mission : libérer le souffle d'Alexandre sur les bords de l'Hyphase. Les villageois qui les voient passer ont l'impression qu'une guerre se prépare, qu'on envoie un groupe d'éclaireurs veiller sur la frontière. Eux ne s'arrêtent pas, passent en poussant de grands cris de bonheur. Ils savent, à cet instant, qu'ils quittent enfin ce qui leur répugne : les rivalités du partage et les guerres intestines. Tout cela est loin derrière eux. Ils sont unis par autre chose. La voix de Dryptéis les accompagne qui leur murmure à l'oreille : "Vous êtes les cavaliers du dernier souffle, les seuls héritiers…"

Elle ne s'est pas retournée. Elle aussi a piqué les flancs de sa monture mais elle a pris la direction du nord. À quelques heures de Khanu, elle descend de cheval et récolte des feuilles d'arbre à soie. Elle en met partout, dans ses sacs, dans les fontes de son cheval, dans les poches de sa robe. Chaque fois qu'elle en cueille une, elle sait qu'elle cueille un peu de vie, des secondes, des minutes en plus où elle pourra jouir de son fils. Puis elle repart, le cheval plein de branchages et de feuilles entassés, ressemblant, de loin, à ces hommes fougères qui dansent sur les terres d'Afrique pour appeler les esprits lovés dans les racines des arbres.

Lorsqu'ils arrivent enfin sur les bords de l'Hyphase, après des semaines de voyage, personne ne parle. Les chevaux avancent au pas, tête baissée comme s'ils étaient impressionnés par le lieu. Tarkilias regarde autour de lui. Combien de temps a passé depuis le jour où ils s'arrêtèrent ici avec Alexandre à leur tête ? Plus de cinq ans… La végétation a repris possession des lieux. Tout a vieilli. Les arbres se sont voûtés, les fougères ont séché. Ils foulent à nouveau ces terres du bout du monde et tout leur semble plus petit.

Je vous vois. Vous vous approchez. J'ai du mal à contenir l'excitation de mon cheval qui va et vient sur les berges du fleuve, face à vous… Je vous vois vous déployer en silence dans les hautes herbes. Que cherchez-vous ici, mes frères ?…

Tarkilias regarde les compagnons qui l'accompagnent : ils ne sont que cinq aujourd'hui alors qu'ils étaient une armée cinq ans auparavant. Le silence est lourd. Il pense à ce jour où l'armée entière refusa d'avancer. La honte l'étreint et lui ferme les lèvres. Il se souvient de leur bonheur et du vaste soulagement qui les avait envahis. Ils avaient dit non à Alexandre et Alexandre avait fini par plier. Lentement, il dirige sa monture jusqu'aux roseaux qui bordent le petit confluent de l'Indus. Il a honte, oui. Il se tourne vers le cheval dont il tient les rênes et qui suit sa monture, comme s'il cherchait des yeux quelqu'un, mais il se ravise. "Comme j'ai vieilli", pense-t-il. "Et avec moi l'Empire…" La joie de ce jour est loin. Tout a été souillé depuis. Il cherche du regard l'emplacement de la tente où Alexandre s'était tenu prostré trois jours et trois nuits, boudant son armée avant de finir par abdiquer, mais il ne le trouve pas.

Vous vous trompez, mes frères. Ce n'est pas ici que votre chevauchée s'achève. L'Hyphase n'est rien, Alexandre a maudit cet endroit. Vous ne devez pas penser au passé. Ce qui compte, c'est que vous allez bientôt me voir et que vous en serez stupéfaits. Je vous attends avec tant d'impatience.

"À partir de maintenant, se dit-elle, je commence à mourir." Elle traverse l'Elymandros. Cela fait plusieurs semaines qu'elle a quitté le petit groupe des cavaliers. Elle a pris la route du Nord. Elle veille sur ses feuilles d'arbre à soie avec précaution. Elle en mâche un peu le matin et un peu le soir. Tout est calme mais la végétation a changé et, depuis quelque temps, elle ne voit plus autour d'elle aucun arbre à soie. Elle sait que là où elle se dirige, en Arie, il n'y en aura pas. Elle ne pourra compter que sur ses propres réserves. Combien de temps lui permettront-elles de tenir ? Elle l'ignore. Elle avance en pensant qu'il existe un point sur sa route, une ligne imaginaire qui délimite le moment où elle ne pourra plus revenir en arrière, où il sera trop long de faire demi-tour pour cueillir à nouveau de l'antidote. Il lui semble qu'elle vient de le passer. Oui. Si elle décidait maintenant de faire marche arrière pour revenir sur les terres où poussent ces arbres à soie qui la sauvent, elle n'y parviendrait pas, parce qu'elle épuiserait ses réserves avant d'y arriver. Comme c'est étrange de penser cela… À partir de maintenant, elle avance dans la mort. Mais elle n'a pas peur. C'est son fils qui l'attire. Elle sourit. Pourvu qu'elle le voie, ne serait-ce qu'une seconde, le reste ne compte pas.

"Tarkilias !… Tarkilias !… Par ici !…" C'est la voix d'Aristonos. Elle vient du terre-plein où se sont arrêtés les autres cavaliers. Tarkilias les rejoint. Les autels d'Alexandre sont là, mangés par la mousse et l'humidité : douze stèles de bronze qu'il a fait ériger avant de quitter à jamais les lieux, enfouies aujourd'hui dans les herbes. On dirait les vestiges d'un temple disparu. "Ici s'est arrêté Alexandre qui accepta de n'être vaincu que par sa propre armée." Tarkilias s'immobilise. Aristonos ne dit rien. Ils observent tous les deux le terrain. La honte à nouveau. Morxyatès a fermé les yeux. Il est immobile sur son cheval noir comme s'il voulait faire entrer en lui les esprits des lieux. Pourquoi sont-ils venus ici ?… Pour ressentir cette honte ?… "Réchauffons-le." La voix d'Aristonos est grave comme s'il craignait d'éveiller les arbres. Af Ashra descend de son cheval et s'avance vers l'autre bête, celle qui n'est montée par personne. Il fouille dans les fontes arrière et en sort un sac épais de fourrure dont il extrait l'urne de terre cuite. Il la touche du plat de la main et sent qu'elle est froide. Aristonos et Nactaba le Nubien font un feu. Une petite fumée grise monte frêlement dans l'air humide. L'esprit d'Alexandre ne doit pas avoir froid. Il doit sentir la chaleur de ceux qui l'accompagnent. Tarkilias penche la tête. Il voudrait demander pardon. Il sait que c'est absurde mais les lieux, ici, portent en eux tant de renoncement… Lorsque l'urne blanchit doucement sous le feu, il la saisit en se protégeant d'un morceau de cuir et, avec des gestes précis, la remet dans son étui de fourrure, puis se retourne vers ses camarades et leur dit : "Nous ne pouvons pas le libérer maintenant. Il y a trop de honte ici."

Vous avez raison… Vous n'avez pas fait tout ce chemin pour vous arrêter à nouveau sur les bords de l'Hyphase. Cet endroit est laid et Alexandre l'a maudit. Il faut aller plus loin. Je vous emmènerai, moi. C'est pour cela que j'attends depuis si longtemps. Je serai le sixième homme si vous voulez de moi… Relevez la tête. Écoutez-moi.

"Vous avez entendu ?" Moxyartès vient de se redresser. Il a saisi sa lance et regarde autour de lui avec méfiance. Les autres hommes lèvent la tête et cherchent des yeux dans les hautes herbes qui les entourent. "J'entends des bruits de sabot…" murmure Nactaba. "… Un cavalier est là." Ils font silence et ne tardent pas à l'entendre tous. Un cheval martèle le sol de ses jambes, trépigne, va et vient. Ils se lèvent alors avec précaution et se dirigent vers les berges du fleuve. Là, de l'autre côté, ils découvrent le cavalier et en restent bouche bée.

Vous me voyez maintenant ?… Écoutez-moi. Je sais où tout doit s'achever.

Ils le voient, oui. Un cavalier sans tête, une ombre qui va et vient sur les berges d'en face, comme si elle les attendait. Le cheval est nerveux, il écume, martèle le sol, se cabre. Et l'homme sur son dos – comment est-ce possible ?… – est décapité. C'est Aristonos le premier qui le reconnaît : "Éricléops ?…"

Tu prononces mon nom, Aristonos et je sais, alors, que vous me suivrez. Dryptéis vous a menés jusqu'à moi. Je vais me joindre à vous. Nous serons la dernière escorte et Alexandre sourira de bonheur.

La vision s'est évanouie. Le cavalier a disparu dans les herbes au loin. Les hommes restent longtemps sur la berge, sidérés. Aristonos revient sur ses pas. Il se met à l'écart sans rien dire. Il est debout, le visage tourné vers le ciel. Lentement, il fait glisser à terre son bouclier, puis enlève la boucle de sa cape et l'armure de cuir qui couvre son torse et sur laquelle ont été peints ses insignes. Il pose enfin son casque au sol. Tarkilias le regarde et lui demande : "Que fais-tu, Aristonos ? – Je laisse ici ce qui fait de moi un Macédonien", répond-il. "Tu as raison", reprend Tarkilias. Il se lève à son tour et fait de même. Ils abandonnent un à un tout ce qui porte un insigne, une marque. Ils ne veulent plus de ce monde-là. La Grèce n'a pas voulu aller au-delà de l'Hyphase, ils la laissent derrière eux. Ils sont désormais les cinq cavaliers du

Gandhara, rien d'autre. Ils suivront le cavalier sans tête. La Grèce a refusé de traverser l'Indus et de plonger dans le royaume des Gangarides, ils effaceront cet affront en suivant le cavalier qui les emmènera dans les mondes barbares. Ils ne sont plus macédoniens, perses ou nubiens. Lorsqu'ils remontent en selle, ils se sentent étrangement légers. La honte a disparu. Tarkilias, le premier, pique les flancs de sa bête pour plonger dans les eaux du confluent. Ils traversent l'Hyphase et, pour la première fois depuis qu'ils sont partis, pour la première fois depuis qu'ils ont décidé de ne plus prendre part à la guerre qui déchire l'Empire, il semble à Tarkilias que le cheval vide qu'il tire derrière lui n'a plus besoin de sa main pour le guider, qu'une présence est là et que c'est elle qui ordonne au cheval de plonger dans les eaux du fleuve. Ils traversent avec solennité, heureux d'abandonner ces terres devenues trop petites pour eux… Ils les quittent sans hésiter, laissant leurs armures de Grecs à la mousse et au temps.

XI

CHANDRAGUPTA

En arrivant en Arie, elle se dirige vers le temple suspendu où elle a trouvé si souvent refuge. Lorsqu'elle
traverse la plaine en direction de l'escalier gravé dans
la roche, elle imagine l'agitation qui s'empare des
hommes là-haut. Il en est peut-être un d'entre eux
pour avoir appelé les autres en lançant : "Regardez !…
Regardez là-bas !" Peut-être alors se sont-ils tous pressés contre la muraille, cherchant à comprendre l'iden-
tité de ce visiteur et les raisons de sa venue. L'ont-ils
reconnue ? Elle ne pense pas. Elle a tellement changé
durant cette année de marche. Lorsqu'elle frappe à
la porte de bois, elle sursaute elle-même, car elle se
souvient de ce bruit avec une étonnante précision.
Ils ouvrent. Ils sont tous là, devant elle. Elle fait un
pas et ils s'écartent pour la laisser entrer. Personne ne
parle. Elle ne sait pas ce qu'elle est venue faire ici : le
temps lui est compté, elle devrait se presser de retrouver son fils… Elle avance dans l'enceinte. À ceux qui la
regardent, elle sourit mais elle ne parle pas. Pour dire
quoi ? Elle veut revoir les lieux et ils semblent l'avoir
compris. Ils lui font de la place et elle avance sur les
remparts. Même calme souverain. Même silence altier,
plein de la profondeur des montagnes. Rien n'a changé
ici. Cela lui fait du bien. Elle respire profondément.

C'est alors qu'un prêtre s'avance vers elle et, sans un mot, tend ses mains dans sa direction. Elle comprend, s'approche de lui et le laisse lui toucher le visage.

Ils vont vite. Ils ont quitté le vieux monde et ils n'en éprouvent aucune tristesse. Tarkilias ouvre de grands yeux sur les paysages qui l'entourent. Il voudrait qu'Alexandre voie à travers lui. "Nous longeons au nord les chaînes de montagne de l'Hindu Kush que nul homme ne peut franchir. Au sud, nous laissons derrière nous le grand désert de Thar." Les compagnons se sont resserrés autour du cheval vide. Ils avancent vite dans ces terres qui ne se soucient pas de leur présence. "On dit que Dhana Nanda a été renversé par un jeune roi qui s'est emparé de Pâtaliputra. Il a fondé la dynastie des Maurya et les sages prédisent qu'il contrôlera bientôt toute la péninsule. On dit qu'il te ressemble, qu'il a faim comme toi… – Comment s'appelle-t-il ?" Tarkilias se trouble. Pour la première fois, il entend la voix d'Alexandre. Il frémit mais ne peut en douter : c'est bien celle du Macédonien, gutturale et profonde. "Chandragupta", répond-il, et la voix répète avec émerveillement : "Chandragupta… Mon dernier ennemi…"

"C'est pour cela que je suis venue", pense-t-elle maintenant. Le prêtre lui a appliqué les deux mains sur le visage. Elle sent les cals rêches des paumes du vieil homme sur ses joues et la rugosité de ses doigts sur son front. Oui, c'est pour cela qu'elle est montée jusqu'au temple, malgré le temps qui lui est compté, pour qu'il fasse ce qu'il est en train de faire, ce qu'ils ont toujours fait chaque fois qu'elle est venue ici. Ils la lavent du monde et de tout ce qu'elle a été. Les mains glissent avec une lenteur infinie sur son visage. Elle est bien. À bas le meurtre de sa sœur et la haine des palais. Elle est tout entière dans la suavité des mains. À bas le cortège épuisant d'Alexandre et la peur qui n'a cessé de l'accompagner. Elle n'est plus cette femme-là. Ils la lavent de tout ce qui l'a éreintée. À bas les journées de chaleur et les pieds en sang. À bas son nom, Dryptéis. Ils effacent tout. C'est pour cela qu'elle est venue. Il n'est rien besoin de dire. Et lorsque le prêtre finit de faire glisser ses mains sur son visage, l'air lui semble plus vaste. Elle sait qu'elle n'a plus rien à faire ici. Elle les regarde tous, calmement, puis prend congé et se dirige vers la porte mais une voix l'appelle. Elle se retourne. C'est le plus vieux des prêtres qui lui tend un sac en tissu. Elle hésite, le prend dans les mains. "C'est à toi qu'il revient de le faire, chaque matin que tu vivras." Elle regarde ce que contient le sac : de la poudre de safran. Une énorme réserve d'épice pour apaiser les dieux, un trésor de rareté. C'est à elle qu'il incombera de nourrir l'appétit des esprits qui tournent dans l'air à la recherche de proies pour que les jours restent tranquilles et que le malheur ne frappe pas. Elle les remercie du regard et retourne à la plaine, impatiente de reprendre la route vers son fils.

Pour la première fois depuis le conseil de Babylone, ils ont l'impression que le monde est vaste à nouveau. La voix leur demande alors : "Qui êtes-vous ?" et chacun se nomme : il y a Tarkilias et Aristonos, ses deux anciens gardes du corps. Puis Morxyatès de Sogdiane, et Nactaba, l'ancien prince nubien qui fut mercenaire pour les Phéniciens et faillit périr au siège de Tyr. Enfin vient Af Ashra, l'enfant des montagnes, le plus jeune de la troupe. Ils sont là, tous fidèles à Alexandre, "Ô mes compagnons…", tous lassés de ces alliances et de ces revers, "Mes véritables compagnons…", décidant que la route vers l'est est ouverte et que c'est là qu'est leur vie, "Mes véritables héritiers, emmenez-moi avec vous…", tous décidés à aller au bout, "Que ferez-vous là-bas ?", ils ne savent pas, ils avancent et les stades de terre défilent sous leurs pieds. Ils ne s'arrêtent que pour réchauffer l'urne de terre cuite et Nactaba, parfois, se met à danser jusqu'à la transe, secouant sa tête vers le ciel. Af Ashra pousse alors des cris d'aigle en tournant autour de lui, frappant de ses doigts de jeune homme des tablas, "Je vous entends", ils dansent pour dire aux montagnes que l'aventure d'Alexandre n'est pas terminée. "Que voyez-vous ?" L'Hindu Kush qui scintille au loin et la vaste plaine de l'Inde. "Et Dryptéis ?" demande un jour la voix. Tarkilias se tait, il n'a pas la force de répondre. C'est Aristonos alors qui prend la parole : "Elle est partie seule, au nord…"

Lorsqu'elle arrive à proximité du village de Sharfa-koup, elle croise un troupeau de moutons qui entourent son cheval et descend la pente avec lenteur. Les bergers s'approchent d'elle. Ils sont trois, le visage fermé, les yeux perçants. Un d'entre eux semble esquisser un salut du menton mais elle n'en est pas certaine, il s'agit peut-être d'un tic. Ils ne disent rien, ne demandent rien, mais elle sent leur curiosité. Elle sent que le soir, chacun de ces trois hommes parlera de ce qu'il a vu, essaiera de décrire comment elle était, et que le village tout entier s'interrogera bientôt sur sa présence. Elle devra parler, expliquer. Elle pourra mentir, s'inventer une histoire, trouver une raison qui justifierait qu'elle reste auprès d'eux mais est-il certain qu'ils ne finiront pas par la reconnaître ? Peut-elle dire avec certitude qu'aucun de ces trois bergers n'est le père de son fils ? Elle ne se souvient plus de son visage, elle a chassé tout cela de sa mémoire mais peut-être qu'eux la reconnaîtront... La menace est encore là. Lorsque les moutons s'éloignent, elle pique son cheval pour poursuivre sa route mais dès que le hameau de Sharfakoup est en vue, elle descend de selle, monte un peu à flanc de colline jusqu'à dominer les fermes et s'arrête. Elle regarde longuement en contrebas : c'est un bourg d'une vingtaine d'habitations, étalé avec nonchalance sur un plateau. Le soleil d'hiver fait scintiller le bois mouillé. Elle reconnaît tout : l'odeur épaisse de la tourbe, la solidité trapue des habitations, le pas lent, presque ancestral, des buffles au long manteau de poils dont ne dépassent que de grandes cornes qui ont l'air de conques antiques. Elle s'assoit dans l'herbe. D'où elle est, elle ne voit pour l'instant aucun être humain. C'est bien.

Ils avancent au galop, s'enfonçant toujours plus dans les terres, ne s'arrêtant jamais dans les villages qu'ils croisent. Les hommes les regardent passer avec stupéfaction. Ils ne ressemblent à rien, ne portent ni fanion ni armes connues, "Plus vite mes compagnons", la voix a hâte, elle est joyeuse maintenant, "Je veux voir Chandragupta", ils sont infatigables, "Nous t'emmenons, Alexandre". Le cheval vide à l'écume au mors mais ne faiblit pas. Il avance en tête, et les cinq cavaliers sentent qu'Alexandre est parmi eux et qu'il ne s'arrêtera pas. "Nous avons réussi", pense Tarkilias avec bonheur, "nous nous sommes extraits du monde et nous avons abandonné la médiocrité des jours de guerre." Il sait qu'il en est de même pour chacun de ses compagnons. Il n'y a plus que de l'ivresse face à eux et le monde est oublié.

Elle pose devant elle les sacs de feuilles d'arbre à soie dont elle a fait provision. Tout ce qui était dans ses sacs, ses poches, les fontes de son cheval, est là, devant elle : ses réserves de vie. Elle prend lentement une poignée, une seule, qu'elle met à part, puis, avec calme, sans hésiter, elle met le feu au reste. D'abord, les flammes semblent être étouffées par les feuilles, puis une fumée blanche monte, fragile au début et de plus en plus épaisse. Le petit tas de feuilles crépite, s'embrase, se soulève. C'est sa vie qu'elle brûle. Elle ne le regrette pas. Elle repense à la curiosité des trois bergers et elle sait qu'elle a raison. La menace n'est pas loin et tout finira toujours par la rattraper. L'odeur qui monte des collines est étrange, c'est l'odeur de sa vie, de ses jours d'avenir qui partent en fumée mais elle la respire avec calme, persuadée qu'il y a dans ce parfum le goût de la vie pour son enfant.

En haut de la colline, ils ont mis pied à terre pour mieux sentir la douceur de l'air. "Comment s'appelle cette ville ?" demande Aristonos, "Indraprashta", répond Moxyartès. "Et le fleuve qui la borde ? – Le Gange." La voix répète ce nom, avec ravissement : "Le Gange…" Ils observent les murailles épaisses décorées avec rondeur. Il y a quelque chose de féminin dans le dessin des murs. "Ils nous empêcheront d'aller plus loin", murmure Nactaba. Tous y pensent depuis des jours. Comment continuer à avancer sans croiser des guerriers qui finiront par les intercepter ? Ils veulent voir l'armée de Chandragupta mais ne sont que cinq. On viendra à leur rencontre. On les questionnera. On les tuera peut-être mais jamais Chandragupta ne se déplacera et jamais ils n'atteindront Pâtalipoutra. "Regardez…" Af Ashra tend son doigt en direction de la plaine : une troupe de cavaliers a fait ouvrir les portes d'Indraprashta et s'apprête à venir à leur rencontre. Ils seront là avant que le soleil ne commence à décliner. Est-ce ici que tout va s'achever ? "Mes compagnons…" La voix retentit avec tristesse. Elle ne reproche rien, mais ils perçoivent tous en elle une douce mélancolie, comme un regret… Elle ne veut pas s'arrêter. Elle veut poursuivre. Le Gange… On dit que les hommes ici le vénèrent au point de vouloir mourir dans ses eaux pour flotter lentement dans l'éternité. Le Gange. C'est un mot nouveau que la voix répète avec délectation mais la troupe indienne se rapproche sans cesse. Il doit y avoir une trentaine d'hommes, des archers et des cavaliers. Ils vont les faire prisonniers, puis enverront un messager à Chandragupta pour savoir ce qu'ils doivent en faire. On les mènera peut-être alors jusqu'au palais de Pâtalipoutra, mais ce sera tête basse et poings liés. "Pas comme ça", murmure Tarkilias entre ses dents. Il est sur le point de proposer à ses hommes de s'ouvrir les veines les uns les autres, dans ces terres magnifiques qu'ils ne pensaient jamais devoir fouler un jour, mais la voix de Nactaba retentit. "Regardez !"

Oui, regardez. Je ne vous ai pas abandonnés. Je suis là. Je descends dans la plaine, filant droit vers la troupe de soldats qui approche.

Le cavalier sans tête est apparu et fond sur la troupe des soldats. D'abord, les Maurya hésitent, puis ils discernent son corps et s'aperçoivent qu'il n'a pas de tête. Alors ils se mettent à crier. Un homme décapité galope droit vers eux. Ils prennent peur. Ils parlent d'esprits, de dieux féroces… Lui ne s'arrête pas. Il ouvre le chemin. Les guerriers d'Indraprashta, pris de panique, font demi-tour et retournent vers leur ville au galop.

N'ayez crainte, mes compagnons, les Maurya nous laisseront passer désormais. Ils ont peur de moi, de vous, d'Alexandre. Suivez-moi : le pays entier s'ouvre devant nous.

Ils l'écoutent et le suivent, longeant d'abord Indra-prashta puis s'enfonçant plus avant vers l'est. Les cinq cavaliers serrés hurlent de joie pour faire peur aux oiseaux. Tout se passe comme Éricléops l'a dit. Les soldats maurya retournent dans leur ville. La nouvelle se répand. On dit qu'un groupe de dieux barbares avancent vers l'est, menés par un cavalier décapité. On dit que rien ne les arrêtera.

Le petit tas de feuilles d'arbre à soie s'est totale-ment consumé à ses pieds. Il ne reste plus qu'un peu de cendre grise, encore chaude. Elle mâche lentement une des dernières feuilles qui lui reste en contemplant le village. Elle repense à ces mois passés à marcher dans le cortège, à cette épreuve qui l'a éloignée de son fils. Quel âge a l'enfant maintenant ? Deux ans… Elle hésite. Elle a peur presque. Elle se demande si elle ne devrait pas rebrousser chemin, laisser son fils au mystère. Elle sait qu'en le voyant, elle risque de flancher, de gémir, de regretter la mort qui vient. Est-ce qu'elle parviendra à s'interdire de lui parler ? À ne pas le prendre dans ses bras et l'étouffer de baisers en lui murmurant dans l'oreille, les yeux baignés de larmes, qu'elle est sa mère ? Sera-t-elle capable de rester impassible ? De ne pas trahir sa joie ? De ne pas lui demander son nom ? Elle entend maintenant des cris d'enfants qui montent vers elle. Ils sont là, en contrebas et jouent sûrement avec des branches à se poursuivre les uns les autres et se pourfendre de mille et un coups. Ils ne vont pas tarder à apparaître. Elle a un moment de panique. Elle voudrait se lever et partir, courir le plus vite possible et disparaître, mais elle s'accroche à l'herbe qui l'entoure et reste là.

Ils avancent en longeant le Gange. Ils dépassent bientôt la cité de Mathura et, là aussi, les Maurya les observent avec crainte, se cachant derrière leurs hauts murs et commentant à l'infini la présence du cavalier sans tête. Ils y voient la monture de quelque divinité, un démon invisible ou un dieu qui a pris l'apparence du cheval… Eux s'enfoncent dans les terres molles gorgées d'eau sans faiblir. "De combien d'hommes dispose Chandragupta ?" demande Aristonos, "On dit qu'il est à la tête de six mille éléphants…" répond

Tarkilias. "Combien de fantassins ? – Au moins deux cent mille." Ils sourient alors, impatients de les voir, "Et leur ville ?… – Elle porte le nom de Pâtalipoutra, explique Moxyartès, on dit qu'elle a soixante-quatre portes et cinq cent soixante-dix tours…" Le soir, ils se répètent à eux-mêmes cette phrase avec délectation, jusque tard dans la nuit : "Cinq cent soixante-dix tours…"

Il est là. Elle l'a reconnu tout de suite. Un enfant plus petit que les autres, au visage encore joufflu mais aux yeux noirs et au front boudeur. Elle le regarde. Il est entouré par de plus grands – ses frères peut-être… – qui veillent sur lui et le portent parfois. Personne ne fait attention à elle. Elle ne bouge pas. Ils sont là, à deux cents mètres d'elle, un peu plus bas. Les enfants se coursent, se chamaillent, font des pactes, lancent de nouvelles attaques. Le petit ne peut pas les suivre et il observe les aînés avec fascination. La plupart du temps, ils ne font pas attention à lui, mais parfois ils l'appellent, lui expliquent ce qu'il doit faire, il crie alors à son tour et court à petits pas pressés, heureux de participer au jeu des aînés. Elle veut les regarder ainsi pendant des heures et que rien ne change. Que la journée s'étire. Que le soleil s'immobilise. Elle n'a pas envie de l'appeler, de lui demander son nom. Cela l'étonne elle-même. Elle se sent bien. Le temps s'est comme ouvert et elle vit chaque instant avec densité. Les secondes durent. Elle ne pense plus à sa mort, aux feuilles d'arbre à soie qu'elle a brûlées. Il n'y a plus que les cris d'enfants et les herbes qui se couchent sous le vent.

La colonne avance mais la voix les appelle : "Ô mes compagnons, n'avancez pas trop vite." Ils ralentissent. "Prenez votre temps, mes compagnons, et regardez le monde tandis que vous avancez." Plaines jaunes immenses ou marécages couverts de roseaux… La dernière escorte avance. Tarkilias parfois touche de la main les fontes du cheval pour savoir si l'urne de terre est froide, "Ce n'est plus la peine, Tarkilias", elle est chaude tout le temps, comme si la bête lui donnait de sa vigueur. L'âme d'Alexandre est là, elle embrasse tout et tournoie. La beauté des terres lascives qu'elle traverse l'enivre. Les femmes aux nattes épaisses et aux bracelets d'or qu'ils dépassent parfois sur la route le fascinent, "Nous y sommes", dit-elle, comme si elle buvait le pays qui l'entoure avec avidité. "Rien ne meurt ici, les enfants ont dans les yeux la gravité des vieillards." Les jours et les nuits se succèdent et s'entremêlent. Ce n'est plus qu'une marche immense vers le delta du Gange.

La fin approche. Elle le sait. Elle se sent faible. Elle ne va pas tarder à grelotter et se vider de sa vie mais peu importe, elle n'y pense pas. Elle observe son fils. Depuis qu'elle s'est assise sur ce rocher, là, dominant le village de Sharfakoup, elle sait qu'elle a échappé au temps. Elle vit dans une intensité qu'elle n'a jamais connue. Elle sent l'air qui l'entoure. Elle est heureuse de chaque bruit, de chaque frémissement du vent. Elle regarde son fils qui écoute un des grands garçons lui raconter une histoire et, dans son esprit, elle l'embrasse. Elle prend alors une poignée de poudre de safran et elle la jette dans sa direction. L'épice flotte un temps dans l'air. Elle ferme les yeux pour recommander l'enfant à la vie. Que les dieux voraces le laissent en paix et que les hommes l'oublient. "Je te sauve, mon fils. Tu seras sans nom, sans passé, toi qui portes de l'or sous la peau et ne le sais pas, ne le sauras jamais. Je t'offre une vie libre. Je suis ta mère qui ne te le dira pas." Elle sait qu'elle mourra bientôt mais c'est sans importance. Elle a réussi à semer l'Empire. Elle n'a jamais été aussi vivante que là, sur ce rocher. Elle est dans le cœur vif des choses où les instants passent avec lenteur et où tout est vital.

Tout s'immobilise : les chevaux, le vent, le vol des insectes dans l'air lourd du matin. "Le voyez-vous ?" demande Tarkilias en pointant son doigt dans la vallée. Chandragupta est venu. C'est un jeune roi. Il a entendu parler d'Alexandre, de ses conquêtes, de sa mort. Il sait que l'empire des Macédoniens est en proie aux déchirements. Aujourd'hui, ses émissaires lui expliquent que des cavaliers se dirigent droit vers eux et qu'ils emmènent avec eux l'esprit d'Alexandre. Cela pique sa curiosité. Il veut les voir. Il a fait ouvrir les seize portes de l'Ouest de sa ville fortifiée pour qu'une immense armée se déverse dans la plaine. Il est venu lui-même, à la tête de deux mille éléphants. Jamais aucun d'entre eux n'a vu autant de bêtes… C'est une muraille de trompes, ornée de pics et d'étendards. Les cinq compagnons observent en silence. L'armée maurya est en bas, étalée dans la plaine, innombrable. Au centre, six chars sont déployés en arc de cercle, portant des bannières rouge et vert qui brillent au soleil. Sur un cheval, au cœur du demi-cercle, un cavalier regarde la crête. Il est couvert d'or, le visage brun, le regard noir : c'est Chandragupta. Tarkilias contemple la pente qui descend vers l'ennemi. "Nous ne verrons pas Pâtalipoutra", pense-t-il. Il sait que Sandrakottos les en empêchera. Il est sorti à temps de sa ville pour leur bloquer la route. Leur avancée s'achève ici : la ville aux cinq cent soixante-dix tours restera invisible, protégée par une muraille d'éléphants de guerre qui piétinent les corps de leurs ennemis avec la cruauté de molosses fous. Elle n'est pourtant pas loin… Il regarde ses compagnons. C'est la fin. Il ne le regrette pas. Loin derrière eux, les Macédoniens se tuent avec ennui. Ils sont ailleurs, eux. Les singes qui les entourent les regardent avec stupeur et leur lancent des cris qu'ils ne savent pas interpréter mais dans lesquels il y a le sens des mondes.

Une dernière fois, elle les appelle en pensée. "J'ai brûlé mes réserves de vie", murmure-t-elle au vent, et Nactaba l'entend. Elle sourit en son esprit. Elle parle une dernière fois aux cinq cavaliers du Gandhara et c'est pour leur dire adieu. "Vous m'avez offert le temps de revoir mon fils", murmure-t-elle. Le Nubien répond. Elle entend sa voix, venue du bout du monde, et ce qu'il dit la stupéfie. "Rien ne s'achève, Dryptéis. D'une façon étrange, tu vivras…" Elle reste bouche bée. Qu'a-t-il dit ? Elle voudrait lui poser des questions, lui dire qu'elle sent le poison prendre possession de son corps et qu'il n'y a pas de doute sur l'imminence de sa mort mais elle n'entend plus rien qu'un vaste silence et reste seule, avec sa surprise.

Ils regardent la plaine et l'immensité de l'armée face à eux. Comment finir ? Ils vont devoir charger et ils savent qu'ils seront engloutis. C'est alors que Nactaba, le Nubien, se met à l'écart. Il se couvre le visage de cendres blanches et danse avec des grelots de bois aux poignets et aux chevilles. Ses yeux sont entrés en lui-même et plus personne ne peut croiser son regard. Il parle avec une voix de pierre, des grognements d'ours. Il semble rire parfois, à moins que ce ne soient des grimaces... Il a un visage de hyène et fait de grands mouvements lourds avec les bras, comme un singe encombré par sa propre masse. Il s'approche, un à un, de chacun des hommes du groupe et à chacun, dans sa langue, il murmure : "Souviens-toi de tes morts." Lorsqu'il s'arrête, il regarde ses camarades et leur demande de remonter à cheval et de se disposer sur la crête, prêts pour la charge. Tarkilias et Aristonos ne répondent pas. Les autres hésitent, cherchant du regard un conseil. Faut-il écouter Nactaba ? C'est la voix qui répond : "Faites-le." Alors Tarkilias monte sur son cheval. Il ne sait pas ce qu'il va se passer. Il contemple l'armée des Maurya face à lui et il va se placer sur la crête. Ô mystère des mondes... Le temps chavire et les ombres paraissent. À sa suite, dans le sillage de son cheval, comme sortis de terre ou du fond immémorial du temps, des cavaliers jaillissent. Ce sont ses morts : les Macédoniens tombés au Granique, dans les premières batailles, dos à la mer, ou ceux que les faux des chars perses broyèrent à Gaugamélès. Ils le suivent. Ils sont mille peut-être, tous à sa suite, portant à nouveau l'étendard. C'est au tour d'Aristonos de se mettre en place maintenant et, là aussi, des guerriers apparaissent : les phalangistes tombés dans les monts d'Arachosie, pieds foulés, corps meurtris par la roche, les hommes que le froid a rendus fous ou qui sont tombés sous les lance-pierres des peuples barbares. Puis viennent tous les hommes morts dans le désert de Gédrosie, sur le chemin du retour, égarés par ses étendues de sable et de sel, essayant de suivre Alexandre mais vacillant de faiblesse, ils sont morts comme des chameaux faméliques, sans gloire, le regard vide et la bouche implorante. Moxyartès mène ses archers de Sogdiane, ceux qui ont péri face à Poros, dans la touffeur de ces journées de pluie, enlisés dans la boue, noyés sous la mousson. Ils étaient habitués au froid sec et sont morts le visage bouffi d'humidité et les traits gonflés. Alexandre, tu as ton armée. "Je vous vois… Tous ceux qui m'ont suivi…" C'est au tour d'Af Ashra de prendre place. À sa suite apparaissent les morts de l'Hindu Kush, ce sont des ombres tourmentées au visage lacéré par les rochers, ils sont tombés dans des à-pics vertigineux ou sont morts sous des éboulis provoqués par les peuplades qui riaient en les voyant disparaître sous la pierre, c'est une masse d'ombres étranges, claudicantes, enragées d'être mortes en ayant eu si peur, ils avancent eux aussi. Tous prennent position les uns derrière les autres, les cavaliers scythes, les frondeurs nubiens, les lanceurs de javelots phéniciens, même les éléphants de Poros, ceux qui ont péri d'épuisement sur des terres qui n'étaient pas faites pour eux, la trompe déversant des bouillons de sang noir, les pattes rongées par les parasites. Ils sont là, se mettent à barrir. Alexandre, tu as ton armée. Ils sont tous à l'arrêt, contemplant l'armée maurya. Chandragupta reste bouche bée. Les rangs de ses guerriers frémissent de crainte. Les morts sont ressuscités et ils sont sur le point d'attaquer. Mais Nactaba fait un geste de la main comme pour suspendre l'imminence de la charge. Il manque encore quelque chose. "Nous avons besoin d'un regard", dit-il et chacun sent que c'est juste. Il faut que quelqu'un sache. "Chante, Af Ashra, dit le Nubien à son compagnon, et appelle Dryptéis." Le jeune homme ferme les yeux et commence à chanter. Il appelle, d'aussi loin qu'il est, il appelle, avec des cris d'aigle qui semblent fendre l'air, pour que quelqu'un les regarde, et Dryptéis les entend, au loin, elle lève la tête, ferme les yeux et leur répond.

"Je t'entends, Af Ashra. Et je vous vois, tous, sur la colline de ce pays que je ne connais pas…" Elle est toujours assise sur son rocher, contemplant l'enfant. Elle ne sait plus depuis combien de temps elle est là. Il lui semble que cela fait des siècles. L'air est immobile. Le temps s'est dissous.

Af Ashra chante. Il explique dans sa voix qui monte lentement qu'ils sont sur le point de charger et que tout va finir là. "Nous mourrons ensemble, murmure-t-elle, chacun au bout du monde" mais la voix de Nactaba résonne à nouveau : "Non, Dryptéis, tu ne mourras pas." Il explique alors que le poison qu'il lui a donné va la soustraire au monde sans la tuer entièrement. "Dryptéis doit vivre", avait dit Tarkilias. Elle entend le concert de leurs voix mêlées, elle demande pourquoi et ils répètent à nouveau : "Nous avons besoin d'un regard."

Elle pose les yeux sur son fils. Il lui sera donc donné de le voir plus qu'elle ne le pensait. Elle le contemple avec bonheur. Elle sourit. Elle est loin de la mort. Malgré les feuilles d'arbre à soie qu'elle a brûlées, malgré les frissons qui la parcourent parfois, elle est dans le battement de la vie. "Ô Alexandre… Je suis comme toi maintenant : délivrée du temps pour l'éternité." Af Ashra chante encore. Sa voix rentre en elle. Elle est ivre de leur présence. "Regarde, Dryptéis, lui dit Nactaba, regarde comment nous allons finir notre course…" Le poison de Nactaba ne la tuera pas, elle va disparaître au monde, comme une brume qui s'évanouit, mais elle sera là, encore. Elle verra l'enfant grandir. De ce rocher, toujours, qui domine Sharfakoup, elle veillera. Elle leur demande alors comment elle peut les remercier et la voix de Nactaba lui répond. "Tu raconteras." Elle acquiesce. Oui, bien sûr, elle racontera. À ceux qui l'apercevront certains jours sur ce rocher et qui auront la curiosité de monter jusqu'à elle, bravant la peur, à ceux qui s'assiéront devant elle comme devant une statue sacrée, elle racontera. Certains matins comme celui-ci, lorsque son fils jouera dans la plaine, elle apparaîtra comme sortie du fond du temps, le visage immobile, le regard serein, elle se remplira avec ivresse du spectacle de son enfant et en échange, pour remercier les cavaliers du Gandhara, elle racontera au monde la dernière charge d'Alexandre.

Tarkilias donne des ordres : sur son flanc gauche, Aristonos et Moxyartès. Sur le droit, les Nubiens de Nactaba et les ombres d'Af Ashra. Lui, ira au centre. Derrière, les fantassins et les archers. Il prend son temps, explique son plan. Éricléops est apparu à nouveau et il galope d'un groupe à l'autre, comme une estafette. Ses allers-retours glacent les rangs ennemis.

"Tu sais ce qui arrivera, Tarkilias ?" Oui, il le sait, mais il fait comme si cela ne sera pas. Il faut un combat, il faut le sang qui bat dans les veines et les chevaux lancés au galop. Il s'occupe de tout puis prend les rênes du cheval vide, les attache à sa selle, "Nous irons ensemble, aussi loin que je pourrai, Alexandre… – Ô mes véritables héritiers, je vous remercie", alors seulement, Tarkilias lève le bras pour que tous le voient et, dans l'humidité du matin, finit par donner l'ordre de charger.

Elle sent que tout est accompli. Elle sera, pour l'éternité, une mère silencieuse qui contemple l'enfant, loin de tout, dans l'immensité du vent. Elle sourit. Elle voit les cinq cavaliers et l'armée des morts derrière eux, alors elle plonge la main dans la sacoche que les prêtres lui ont confiée et elle jette dans l'air une poignée de poudre de safran, "Pour vous, les compagnons de la dernière escorte"… La poussière d'épice flotte dans l'air et se dissout lentement, "Je vous embrasse, d'un long regard de deux continents, je vous embrasse, soyez forts de cela".

Les chevaux jaillissent comme piqués par des taons et dévalent la pente avec avidité, Regarde, Dryptéis, tu raconteras ce que tu vois, les armées de Chandragupta ont entendu la clameur ennemie et ils se lancent à leur tour dans la plaine, les arbres tremblent et le sol gronde, l'entends-tu, Dryptéis ? Oui je l'entends et je vois que vous êtes infiniment moins nombreux qu'eux, les Maurya avancent, comme un mur immense, nous serons tous engloutis, Regarde bien, Dryptéis, aucun d'entre nous ne tremble, Éricléops charge avec rage et son corps sans tête semble crier de joie, Je le vois, Nous nous ruons dans la plaine avec plaisir et Chandragupta est surpris de notre fièvre. Les deux armées se rapprochent mais ce qui devait advenir advient, Vous le saviez, mes compagnons, Oui ils le savaient, mais cela n'entame pas leur force, ils ont réussi, grâce au sort de Nactaba, ils sont parvenus à défier l'armée du bout du monde, ils l'ont vue et elle est telle qu'ils l'avaient rêvée. Ce qui devait advenir advient, progressivement, le sort se dissipe et les morts disparaissent un à un, on dirait une armée qui s'effrite et rentre en terre, Regarde, Dryptéis, tu diras ce que tu vois, des chevaux trébuchent et heurtent le sol, au moment de l'impact, ils se disloquent, les fantassins crient, courent mais on dirait qu'ils n'ont plus de jambes et qu'ils s'affaissent, les morts retournent à leur monde, Regarde, Dryptéis, les deux armées s'entremêlent maintenant, mais il n'y a pas de choc et Chandragupta en reste bouche bée, les Maurya frappent mais ne touchent rien et les ombres s'effacent. Il n'y a plus que les cinq compagnons d'Alexandre, Regarde-les bien, eux se battent, ils sont cinq contre cinquante mille hommes et deux mille éléphants, ils fouettent de toutes leurs forces les flancs de leurs chevaux pour mourir à tombeau ouvert, Je les vois, le galop infini, ils frappent et les boucliers volent à leur passage, mais bientôt les Maurya se reprennent, Moxyartès tombe transpercé par dix lances qui le soulèvent de terre et semblent un instant le porter, les morts finissent de disparaître, tout s'efface, Nous mourrons un à un mais ce n'est rien, Nactaba est saisi par la trompe d'un mastodonte qui le disloque contre un rocher, Aristonos tombe à terre, encerclé par des centaines d'ennemis, et il charge encore pour appeler les coups sur lui, Nous mourrons mais ce n'est rien, Af Ashra est jeté à bas de son cheval, il se relève, donne des coups en tous sens, mais ses ennemis le criblent de javelots et il finit par tomber, l'arme à la main, le vois-tu, Dryptéis ? Oui, pour chacun d'entre vous, je jette dans l'air une poignée de safran, le cavalier sans tête avance, veut combattre, il essaie de frapper mais devant lui les soldats de Chandragupta reculent. Personne ne veut le toucher. Il essaie encore, cherche le contact, mais la masse des guerriers se fend à son approche, c'est à son tour de disparaître en terre, il ne meurt pas comme ses compagnons, le vois-tu, Dryptéis ? Oui, il est comme avalé par le sol mais sans jamais cesser de fendre l'air de son glaive, son cheval tout entier est déjà sous terre mais il frappe encore avec rage avant de disparaître tout à fait. Il ne reste plus que Tarkilias maintenant, qui avance au galop, tenant par la main les rênes du cheval sans cavalier, Regarde bien, Dryptéis, il va vite et fend l'armée ennemie, jamais aucun Macédonien n'a été aussi loin, jamais personne n'a foulé ces terres, il continue, jusqu'à voir, au milieu du champ de bataille, un arbre, c'est là qu'il va, tandis que les deux montures galopent, il fouille dans les fontes du cheval voisin et saisit l'urne, Alexandre le sent, les flèches pleuvent sur lui, mais plus rien ne peut le toucher, le vent se lève dans son dos, d'un coup, un vent fort, inépuisable, Le sens-tu toi aussi, Dryptéis ? Oui, il fait se plier le blé autour de moi, je le sens, à l'autre bout du monde, sur mon rocher dominant la plaine d'Arie, parce que je suis avec vous, un vent chaud, puissant, Je jette une dernière poignée pour toi, Tarkilias, partout autour de lui les flèches tombent, Tarkilias s'enfonce toujours plus avant, Regarde bien, Dryptéis, lorsqu'il sent qu'il va tomber parce qu'un mur de cavaliers se dresse devant lui et qu'il sait qu'il ne pourra pas le franchir, il saisit l'urne et la lance à toute volée contre les plus hautes branches de l'arbre, Le vois-tu, Dryptéis ? les cavaliers maintenant percutent Tarkilias et le désarçonnent, il gît dans la terre du Gange, crâne fendu, mais regarde, le vent ne faiblit pas, l'urne se brise contre les branches et l'esprit d'Alexandre embrasse tout, porté par le vent, il ne reste plus que la voix d'Alexandre, elle l'entend, elle la laisse l'emplir, il lui semble qu'elle tourne autour d'elle, Je vois tout, le vent court sur l'armée ennemie, le sens-tu, Dryptéis ? Il dépasse les lignes d'éléphants et voit Chandragupta, Je vais plus loin encore, le vent souffle, Je vois la cité de Pâtalioutra, Écoute, Dryptéis, elle a bien cinq cent soixante-dix tours, et ses murailles sont si travaillées que l'on dirait une dentelle de pierre, Je vois tout et me disperse, mes ennemis n'y peuvent rien, je suis sur eux dorénavant, À qui appartiens-tu, Alexandre ? À vous, mes compagnons, qui me ressemblez, à vous mes rêves lointains que je n'ai pas réalisés mais qui m'ont porté, À toi, Dryptéis, qui m'as sauvé de mon cercueil, qui as jeté sur chacun d'entre nous une poignée de poudre de safran pour que nous échappions à la voracité des dieux, à toi qui es maintenant, je le sens, dans le cœur heureux du temps où les secondes sont infinies, je souffle sur le Gange, oh comme il est doux d'être si loin, je dis vos noms, Héphaistion, Dryptéis, je dis vos noms Tarkilias, Chandragupta, vous avez fait de moi l'homme qui ne sait pas mourir, l'urne est cassée et le vent souffle, Je suis là, à jamais, j'enveloppe tout du regard, écoute, Dryptéis, les mondes inconnus, les fleuves interminables, les combats de demain, écoute, À qui appartiens-tu, Alexandre ? Tu leur diras, Dryptéis, toi qui fus la seule à voir l'armée des morts entrer en terre et les cinq cavaliers du Gandhara périr en pleine course, tu leur diras, À qui appartiens-tu ? À mes compagnons lancés au galop dans la plaine et à l'éternité qui s'ouvre devant moi.

TABLE

BABEL

Extrait du catalogue

OUVRAGE RÉALISÉ
PAR L'ATELIER GRAPHIQUE ACTES SUD
REPRODUIT ET ACHEVÉ D'IMPRIMER
EN JUILLET 2014
PAR NORMANDIE ROTO IMPRESSION S.A.S.
À LONRAI
POUR LE COMPTE DES ÉDITIONS
ACTES SUD
LE MÉJAN
PLACE NINA-BERBEROVA
13200 ARLES

DÉPÔT LÉGAL
1re ÉDITION : AOÛT 2014
Nº impr. : 1402608
(Imprimé en France)